集英社オレンジ文庫

ゆきうさぎのお品書き

8月花火と氷いちご

小湊悠貴

JN180002

本書は書き下ろしです。

もくじ

イラスト／イシヤマアズサ

序章　夏のはじめの店開き

七月一日、朝八時。

カーテンを開けたとたん、東向きの窓からまぶしい朝日が差しこんできた。

強烈な光に、雪村大樹《ゆきむらだいき》は思わず目を細める。梅雨《つゆ》はまだ明けていないが、今日は久しぶりに晴れていた。

（暑くなりそうだな……）

窓に背を向けた大樹は、ところどころ寝癖《ねぐせ》がついた髪を搔《か》き回しながら、自室として使っている部屋から廊下に出た。階段を下りてバスルームに向かう。

東京都の西部に位置する市の一角。

おととし亡くなった祖母から受け継いだ一軒家は、二十六歳で独身の大樹がひとりで住むには広すぎる。一緒に暮らしていた祖母がいないさびしさには、さすがにもう慣れたけれど。

熱めのシャワーを浴び、寝汗を洗い流すと、ぼんやりしていた頭が少しずつ動き出す。

――気温が上がるなら、今日の日替わり定食は豚《ぶた》の生姜《しょうが》焼きにしよう。

昨日、取り引きしている近所の精肉店で、質のよい豚の肩ロース肉を安く仕入れることができたのだ。「大ちゃんはお得意さんだから、特別サービスね」と、馴染《なじ》みの主人は切り落とし肉も格安で売ってくれた。

豚肉は、疲労回復や夏バテ予防に効果がある。塩と生姜も効くだろう。

大樹が営む小料理屋「ゆきうさぎ」のランチタイムにやってくるお客は、屋外で肉体労働をしている人も多い。昼食でたっぷりと栄養をとれば、午後からの仕事の活力になる。自家製のタレは、いつもより少しだけ濃くしよう。肉に絡めてやわらかく焼き上げた生姜焼きは、温かいご飯との相性も抜群だ。

そんなことを考えつつ、バスルームを出た大樹は適当なTシャツとチノパンを身に着けた。濡《ぬ》れた髪をタオルでがしがしと拭きながらダイニングの窓を開け放ち、蒸し暑い台所の空気を入れ替える。

（さてと。こっちはどうするか）

大樹は少し考えたのち、冷蔵庫から卵をひとつ取り出した。ボウルに割り入れ溶《と》きほぐし、刻んだ梅干しと出し汁を加えてかき混ぜる。熱したフライパンに卵液を流しこみ、オムレツの要領で形を整えていった。

中が半熟になる程度で火から離して皿に移し、最後に大根おろしを添える。

味つけを和風にすればご飯にも合うし、中はとろとろ、口当たりもふんわりするので気に入っていた。梅干しではなくすり下ろした山芋《やまいも》を加えれば、さらにふっくらと軽い食感に仕上がる。

納豆を入れるレシピもあるが、あいにくそれは大樹の数少ない苦手な食べ物のひとつだった。そのため残念ながらつくったことはない。

すまし汁をつくるかたわらで、小分けにして冷凍庫に入れていたご飯を一膳《ぜん》ぶん、レンジで解凍する。おとといの定休日に神奈川にある実家に行ったとき、帰り際に母親からもらった常備菜があったのでそれも温めた。

大樹が渡す手土産《てみやげ》のお返しに、母が手づくりのおかずを持たせてくれるのは、何年も前からの習慣になっている。おとといは、都内の老舗《しにせ》和菓子店で売られている胡桃《くるみ》入り羊羹《ようかん》を持っていくと、両親だけではなく同居している弟夫婦にもよろこばれた。

できあがった朝食の皿を食卓に並べ、大樹は椅子《いす》に腰を下ろした。

「いただきます」

誰もいなくても、声に出して両手を合わせてから食事をはじめる。

母がつくってくれた常備菜は、大樹の好物である揚げナスの肉味噌《みそ》炒《いた》めだった。

ナスは油と相性がいい。油を吸って色ツヤがよくなったやわらかい果肉に、味噌とひき肉、香辛料を合わせて甘辛く仕上げれば、それ一品だけでもご飯が進む。

箸《はし》をとった大樹は、さっそく好物に手をつけた。

味のアクセントになっているのは、独特の香りを放つぴりりと辛い香辛料。これが山《さん》椒《しょう》ではなく中国原産の花椒《ホアジャオ》だと気づいたのは、つい最近のことだ。

どちらも同じミカン科だが、花椒のほうがより辛く香りも強い。四川《しせん》料理などではよく使われていても、日本ではあまり知られていないため、なかなか気づかなかった。

（美味《うま》い）

昔から変わらない、母の味。これを自分の手で再現できたらと思ってはいるのだが。

しかし母はこのレシピともうひとつの料理だけは、何度訊《き》いても教えてくれない。

『教えたくないって……。なんで』

『だってあなた、絶対私より上手につくっちゃうでしょ。少しくらい、お母さんに花を持たせておいてよ』

そんなことを言われたが、こっそり自分で研究している。けれど、何度試してみても母の味を超えたと思ったことはない。そしてきっと、この先も。

朝食を終え、後片づけをすませた大樹は、畳敷きの客間に入った。

縁側から庭をのぞくと、ピンク色の花を咲かせはじめた百日紅《さるすべり》の木の根元に横たわり、のんびりくつろいでいる二匹の猫の姿が見える。

黒白の大きな体で、少し不思議な印象の猫――昨年から気まぐれにやってくる武蔵《むさし》と、もう一匹は最近見かけるようになったトラ猫だ。

武蔵よりも小柄で痩《や》せていて、野良《のら》猫にしては愛想《あいそ》がよく、あまり人を警戒しない。近所にある樋野《ひの》神社のあたりを縄張《なわば》りにしているらしく、境内《けいだい》を我が物顔で歩き回っているところを見たことがあった。

大樹の気配を察した猫たちはどちらも顔を上げたが、駆け寄ってきたのは新参《しんざん》だけだった。武蔵は木陰でゆったりと寝そべったまま、余裕の表情でこちらを見つめている。

「今日も一緒に来たのか。あいかわらず仲いいな」

サンダルをつっかけ、庭におりた大樹がその場にしゃがむと、虎次郎《こじろう》（と呼んでいる）は甘えるように足下にすり寄ってきた。

手を伸ばしても逃げることなく、ふわふわの毛を撫《な》でても反抗しない。武蔵にこんなことをしようものなら引っかかれるか猫パンチを食らうかだが、人なつこい虎次郎はされるがままで、むしろ嬉《うれ》しそうだった。

「腹減ってるんだよな。ちょっと待ってろよ」

虎次郎の顎《あご》を軽くくすぐってから、大樹はゆっくりと立ち上がる。

買い置きのキャットフードと水を用意したとき、ようやく武蔵が近づいてきた。

エサを食べ終わると武蔵はもちろん、虎次郎も「用はすんだ」とばかりに大樹に背を向け、あっさり去っていってしまう。……まあ、そんなものだろう。

家に戻って手を洗い、ふと時計を見ると、いつの間にか九時半を回っていた。洗濯ずみのエプロンとバンダナを手に、自宅とつながっている店内に足を踏み入れる。

カウンターは六席、四人がけのテーブルが三卓、そして奥には小さな座敷という、さほど広い店ではない。

女将《おかみ》だった祖母のあとを継ぎ、店主になって一年半。トラブルが起こったこともあったが経営はなんとか軌道に乗り、安定した売り上げが続いている。

冷房をつけた大樹は店内を掃除してから、厨房《ちゅうぼう》で仕込みに取りかかった。

店のお品書きは、昼と夜では種類が異なる。ランチタイムは片手で数えられるほどの料理しか用意していない。

昼間のお客のほとんどは、限られた休憩時間を使って、ここまで足を運んでくれる。いかに短い時間で料理を出せるかが重要なのだ。そのため品数を絞り、迅速《じんそく》に、なおかつ味を落とさず対応できるように心がけている。

といだ米はしばらく吸水させ、生姜焼き用のタレをつくり、焼いたときに縮まないよう豚肉の筋を切る。糠床《ぬかどこ》をかき混ぜてから一番人気の肉じゃがを煮込んでいると、出入り口の格子戸《こうし》が開いて見慣れた顔があらわれた。

「大樹、おはよ。いい天気だね。灰になりそう……」

「吸血鬼かよ――っておい、死体みたいな顔色だぞ。大丈夫か」

「星花《せいか》には『ゾンビじゃん』って言われたなぁ。起き抜けから思いっきり二日酔いで」

向かいの洋菓子店の息子で、いまは別の店で経験を積んでいる桜屋蓮《さくらやれん》は、そんなことをつぶやきながら近づいてくる。

「これ、いつもの。あとは試食用の新製品がひとつ入ってる。よかったら置いてほしいって、うちの父親が」

手渡されたのは、「ゆきうさぎ」のデザートメニューのひとつ、桜屋洋菓子店の手づくりプリンが入った箱だ。

箱を受け取ったとき、蓮の右手が視界に入る。

手首には痛ましい火傷痕《やけどあと》があり、色が変わってしまっている。薄手の長袖《そで》に隠れて見えないが、腕にも同じような痕がいくつかあるらしい。大樹よりもふたつ年下の蓮は、服装に無頓着《むとんちゃく》な自分とは違って洒落《しゃれ》っ気《け》があるけれど、「だから半袖の服とか、人前じゃ着られないんだよ」と苦笑していた。

パティシエは一見すると華やかだが、実際の仕事はとても過酷だ。

力仕事も多いし、細かい作業で手が傷ついたり、オーブンで火傷をしたりすることもよくあるという。クリスマスなどのイベントの季節は寝る暇もないほどの忙しさで、生半可《なまはんか》な気持ちでは続けることができないそうだ。実際、昨年のクリスマスが終わった直後の蓮は、げっそりとしつつも戦場を駆け抜けた兵士のような、妙な凄《すご》みが残っていた。

それでも辞めることなく続けているのは、その仕事が好きだからに違いない。

カウンター席の椅子を引いて腰を下ろした蓮は、うつろな目で頬杖《ほおづえ》をついた。

「仕事、休みの日でよかった……。頭痛はするし胃はムカムカするし」

「彰三《しょうぞう》さんにつき合って、あれだけ飲めばな。あの人に合わせたらぶっ倒れるぞって、先に言っておいただろ」

「奢《おご》ってやるの一言につられてさ。ほんと強すぎるよ、あのじーちゃん」

ゆうべ、カウンター席のちょうど同じ場所で、なじみの常連客が蓮にあれこれ話しかけていたことを思い出す。蓮を赤ん坊のころから知っている人で、本当の祖父と孫のように楽しそうだった。それでつい、飲み過ぎてしまったのだろう。

「しじみ汁、いちおう飲んでおいたのにな」

「あれがなかったらもっと酷《ひど》かったかも」

肩をすくめた蓮は、大樹が淹《い》れた湯呑《ゆの》みのお茶に口をつける。

「ランチタイムは大樹だけ？　タマちゃんとミケさんは？」

「どっちも休み。昼間なら俺ひとりでも回せるから」

ふうんと答えた蓮の視線が、ある場所で止まった。昨日の閉店後、大樹が一枚のポスターを貼りつけた壁だ。

――かき氷はじめました――

「あれか。新メニューだよ。夏だしな」

「夏だねー。いまは夏以外でもやってる店あるけど。子どものころはよく食べたな」

「子どもといえば昔、一緒に行ったことなかったか？　神社の縁日」

「ああ、夏休みに大樹がこっちに遊びに来てたときか。大樹が中学生で、俺が小六くらいだったっけ。あのときは、星花が浴衣にかき氷こぼして大泣きしたんだよな」

普段は七つ下の妹のことを、「可愛《かわい》げがない」だの「邪険にされる」だのと漏《も》らしている蓮だが、昔の思い出を語るときの表情はやわらかい。なんだかんだ言って、兄妹仲は悪くないのだ。

「じゃ、俺は帰るから。今日も一日がんばって」

「また寝るのか？」

「そうしたいところだけど、無理。店を手伝えって父親に言われてるんだよ」

せっかくの休みなのにとぼやいてはいるが、表情はそれほど嫌そうに見えない。一時は対立していたけれど、父親と上手くつき合いたい気持ちはあるのだろう。

蓮が帰り、すべての準備が終わったときには、開店五分前になっていた。外に吊《つ》るす暖《の》簾《れん》を持って戸に手を伸ばしたと同時に、なぜか勝手に戸が開く。

「わっ！　お、おはようございます」

「タマ？」

至近距離から大樹を見上げたのは、昨年から「ゆきうさぎ」で働いているバイトの大学生、タマこと玉木碧《たまきあおい》だった。目の前に立つ大樹の姿におどろいたのか、大きな目を丸くしてこちらを見つめている。

髪型は彼女のトレードマークともいうべきポニーテール。結び目にくしゃくしゃとしたベージュの髪飾り（名称は知らない）をつけているのもいつも通りだ。膝丈《ひざたけ》くらいのスカートを穿《は》いていて、大きめのトートバッグを肩掛けにしている。

体つきはやや小柄で、ガリガリというほどではないが痩せ型だ。そのわりに胃袋の大きさは人並み以上で、大樹がつくる賄《まかな》いをいつも気持ちよく平らげるものの、一向に太る気配がなかった。本人曰《いわ》く、太りにくい体質らしい。

もう少し体重が増えれば健康的に見えると思って、せっせと食べさせてはいるのだが、底の知れない胃袋がすべてを飲みこんでしまっている……。

（まあいいか。元気なら）

「開店前なのにすみません」

「それはいいけど。バイトは休みだろ？」

「はい。午後から講義なんですけど、その前に『ゆきうさぎ』のランチが食べたいなーって。朝ご飯が少なかったから、すっごくお腹《なか》がすいてるんです」

つまり今は、バイトではなくお客として来たわけだ。

何度もあることだったので、大樹は笑って碧を中に招き入れた。

「今日の日替わり定食はなんですか？」

「豚肉の生姜焼き。ポテトサラダとお新香《しんこ》、味噌汁つき」

「わ、おいしそう！　それにします。ご飯は大盛りで、あとは肉じゃがとプリンも！」

「あいかわらずの食欲だな。いい肉を仕入れたから期待してろよ」

そんな会話をかわしながら、大樹は真っ白な暖簾を広げる。外の格子戸の前に吊り下げて、「準備中」の札を裏返した。

そして店内に戻り、お腹をすかせた本日最初のお客のために、厨房に向かう。

小料理屋「ゆきうさぎ」は、今日も変わらず営業中だ。

第1話　2月と大樹のとろとろ角煮

「もうすぐ春休みだねえ……」

正面から聞こえてきたおっとりのんびりした声に、ドイツ語のテキストとにらめっこをしていた碧《あおい》は顔を上げた。

「春休みぃ？　まだ二月のはじめなんだけど」

赤い眼鏡の奥からのぞく目をギラリと光らせ、不機嫌そうに答えたのは、碧の隣に座る真野玲沙《まのれいさ》だ。目線を上げることはなく、肩まで伸ばした茶髪をうるさげに払いながら、もう片方の手で電子辞書のボタンを押しまくっている。

「ドイツ語のテストが終わったら、春休みでしょ？」

「終わればね。終・わ・れ・ば！　そのテストが一時間後に迫ってるんですけど！」

「試験勉強なら、家でちゃんとやってきたし。直前に詰めこんでも身につかないよ？　焦ってパニックになるだけ」

にっこり微笑《ほほえ》みながら正論を告げる沢渡《さわたり》ことみに、往生際悪く最後の追いこみをかけていた碧と玲沙は「うっ」と言葉につまった。軽めの昼食（不本意だったが）を高速ですませ、必死にテキストの内容を頭に叩きこむ碧たちの前で、ことみはカフェテリアで一番人気の煮込みハンバーグランチをもりもり食べている。

年が明けてひと月。碧たちが通う私立大学は、後期試験の終盤を迎えていた。

大学構内のカフェテリアでは、碧たちのように昼食をとりながら試験勉強をしている学生も多い。共学なので男女が入りまじっている。

すべての試験が終われば、大学に入って最初の春休みに突入する。単位を落とすわけにはいかないので、試験には全力で挑まなければならない。

「ことみの言う通りだね。いまさら詰めこんでも意味ないよ……」

乾いた笑いを浮かべながら、碧は力なくテキストを閉じる。横から玲沙が手を伸ばしてきたかと思うと、がっしと肩をつかまれた。

「あきらめちゃダメだよ碧。ことみは頭がいいから余裕なだけ」

「う……。たしかに」

同じ教育学部に在籍していても、めざす進路が違うので、すべての履修《りしゅう》科目が重なっているわけではない。それでもことみが碧や玲沙よりも優秀だということは、一緒に受講している何科目かの講義を見ていれば自然とわかる。

（なによりも、出身高校のレベルが違う……）

ことみが通っていたのは、幼稚園から大学までの一貫教育を売りにしている、都内でも有数のお嬢さま学校だ。碧が卒業した都立高校はいわゆる進学校だったが、それでもことみの出身校の水準にはかなわない。

「ごちそうさま。おいしかったー」

きれいな長い黒髪を、今日はサイドで編みこんでいることみは、ランチを食べ終え満足した様子でお茶をすすっている。凝ったヘアアレンジができるくらいには余裕であることがうかがえて、なんともうらやましい。

（ハンバーグか……。そういえばあのときも食べてたっけ）

空になった皿を見つめながら、碧はふと過去を思い出す。

玲沙とことみ。ふたりとはじめて話したのは、入学して半月ほどたった日のこと。混雑していたカフェテリアで、たまたま相席したことがきっかけだ。

母を亡くしたばかりだった碧は、当時はショックで昼食もほとんど食べられなかった。その日もぼんやりとお茶を飲んでいると、玲沙が話しかけてきたのだ。

『あの、同じ講義とってるよね？　顔見たことある』

彼女は碧の向かいでハンバーグランチを頬張《ほおば》っていたことみの顔も知っていて、そこで少しだけ会話をかわした。

玲沙とことみは元気のない碧を心配して、そのあとも姿を見れば声をかけてくれた。それから次第に親しくなっていき、現在に至っている。

「はあ……。線形代数とか微積分なら楽しく解けるのに。ドイツ語ってむずかしい」

「私だって日本史世界史地理政経ならどんとこい！　なんだけどなぁ」

碧が肩を落とせば、玲沙もぼやく。碧は中学校の数学、玲沙は社会科の教員免許をとろうとしているが、外国語は選択必修なので苦手でも避けられない。ちなみにことみの専攻は英語だが、数学以外は得意だという。

「ふたりとも、元気出してよ。これあげるから」

げっそりする碧と玲沙に、ことみがお菓子の四角いパッケージを差し出した。

チョコチップが入ったクッキーをかじりながら、なんとなく雑談に流れる。

「真野ちゃんと玉ちゃんは、春休みどうするの？　二カ月あるから長いよね」

ことみの問いかけに、玲沙は残り少ないペットボトルの玉露《ぎょくろ》入り緑茶を飲み干してから答えた。

「春休みはバイトだよ。家庭教師といつものコンビニ」

「わたしも『ゆきうさぎ』のバイトがあるし、けっこう忙しいかも」

碧が言うと、ことみは「そっか」とうなずく。

「都合が合えば、また旅行に行きたかったんだけどな」

「旅行かー。楽しかったよね、札幌《さっぽろ》。二泊じゃぜんぜん足りなくて」

「夏の北海道は高いからねえ……」

碧の脳裏《のうり》に去年、はじめて三人で旅行したときの思い出がよみがえる。七、八月を避けて九月の初旬に行ったのだが、あれからもう五カ月がたったとは。

（『ゆきうさぎ』で働きだしてからだと、八カ月半か。はやいなぁ）

しみじみしていると、玲沙が思い出したように口を開く。

「旅行は無理かもしれないけどさ、お花見はしたいな。最近やってないし」

「あ、いいねそれ！　桜が咲くのって三月の後半だっけ」

「四月のはじめくらいまでは見頃じゃない？　お弁当とお菓子持ち寄ってさ」

「あんまり混まない場所ってあるかなぁ」

盛り上がる碧たちの話を聞いていたことみが、ふとクッキーを持つ手を止めた。

「それにしても、バイトしてないのってわたしだけだよね。冬休みもなんだかんだで過ぎちゃったし。そろそろ本気で探してみようかなー」

「いいんじゃないの？　この機にやってみなよ——っていうか、いまはそれよりテストだってば！」

はっと我に返った玲沙は、碧の肩を抱いて言う。

「碧、がんばろう。これさえ終われば春休み。ガマンしてた漫画も読める！」

「昨日から頭がパンクしそうだけど、あと少しだよね……！」

うなずき合った碧と玲沙は、ふたたびテキストと向かい合う。

そんなふたりの姿を、ことみは楽しそうに笑いながら見つめていた。


試験が終わって帰宅してから、碧は何日かぶりに「ゆきうさぎ」に向かった。試験期間中は休ませてもらっていたが、これからは春休みなのでバイトに入れる時間も増える。

時刻は十七時少し前。日はすでに沈みかけ、空は藍《あい》色に変わっていた。

今年は暖冬で、例年のような冷えこみはあまり感じない。

東京でも、年によっては大雪になることもあるけれど、今年はまだみぞれすら降っていない。まとまった雪が降ると、首都圏の交通機関はストップしてしまうことがあるので、多くの人にとってはありがたいことなのだろう。

駅前商店街にある「ゆきうさぎ」と碧が住むマンションは、徒歩だと十五分ほどの距離がある。自転車を漕《こ》いでいても、頬に受ける風はそれほど冷たくないので楽だ。

――ミケさんはあいかわらず厚着だけど。

人並みはずれた寒がりで、自称「こたつ愛好家」のミケ――五つ年上のバイト仲間である三ヶ田菜穂《みかたなほ》の着ぶくれ具合には、たぶん誰もかなわない。

温かい湯船にゆっくり浸《つ》かることも好きなようで、クリスマスに香りのよい入浴剤の詰め合わせをプレゼントすると、嬉《うれ》しそうにお礼を言って受けとってくれた。

『いつもシャワーばっかりで、お風呂はたまにしか沸かせないんですよ。水道代とガス代が余計にかかるし。だからこそ貴重というか』

そう言った菜穂からは、かけもちで働いている書店で買ったのであろう、おすすめのグルメエッセイ本を贈られた。

(楽しみだなあ。雪村《ゆきむら》さんの賄《まかな》い)

店が近づいてくるにつれ、自然と心がはずんでくる。

賄いはその日の残り物が多いが、大樹《だいき》はときどき新しいものをつくってくれたり、試作品を味見させてくれたりすることもある。

小料理屋なので、「ゆきうさぎ」のお品書きは和食が中心だ。

正直に言えば働きはじめるまで、碧は和食が好きというわけではなかった。あっさりしすぎて物足りないと思っていたのだ。

けれど大樹がつくる料理を口にしてから、考えが変わった。

和食のおいしさを、自分の味覚でたしかに感じられるようになったのだ。そのおかげで碧が和食をつくれるようになり、煮物好きの父にもよろこんでもらえている。

(雪村さん直伝の肉じゃがも、おいしくつくれるようになったしね)

駅の西側に位置する商店街は、ロータリーから伸びる二車線道路を囲むようにして広がっている。碧は小学校に入ったころからこの町に住んでいるが、全体的な印象は昔とそれほど変わっていないように思える。

しかしよく見れば、ぽつぽつとシャッターが閉まったままの店があるし、八百屋《やおや》や魚屋といった個人商店はいつの間にか消えていた。何年か前に、東側に大きなショッピングビルが建ったので、そちらに人が流れているのだろう。

道路に面した商店街のはずれ、小さな花屋の隣にある「ゆきうさぎ」にたどり着いた碧は、自転車を店の裏手に停めて正面に回った。

夜の営業は十八時からなので、暖簾《のれん》はまだ下がっていない。

格子戸《こうし》の向こうは電気がついていて、あたたかな色の光が漏《も》れていた。

「おはようございまーす!」

引き戸を開けるなり、おいしそうな匂いが鼻腔《びこう》をくすぐった。

煮物でもつくっているのだろう。醤油《しょうゆ》とお酒と、わずかに生姜《しょうが》の香りも感じる。

(うわぁ、たまらない。家で軽く食べてきたのに)

ごくりと唾《つば》を飲みこんだ碧は、魅惑的なその匂いを思いきり吸いこんだ。

いまから一年と少し前、大樹は祖母のあとを引き継いで「ゆきうさぎ」を再開させた。

そんな彼がつくる料理に、自分は完全に胃袋をつかまれている。ふんわり幸せな気分になりながら、碧は引き寄せられるようにして厨房《ちゅうぼう》に近づいていった。

「ああ、タマ。今日まで試験休みだったのに、呼びつけて悪かったな」

厨房の出入り口から顔をのぞかせた碧に、落ち着いた声がかけられる。

袖《そで》をまくり上げた白いTシャツに、黒いエプロン。頭にはバンダナを巻き、下はジーンズにスニーカーといったいつも通りの格好をした大樹は、流し台で片手鍋を洗いながら碧に目を向けた。

「試験はぜんぶ終わったから大丈夫です。ミケさんの代わりなんですよね？」

「午前中に連絡が来たんだよ。熱はそんなにないけど喉《のど》が痛くて、頭痛もするって。病院に行って薬もらってきたってさ」

「風邪かな？　はやく治るといいですね」

「明日、また電話してみるよ。ひとり暮らしで倒れでもしたら大変だしな」

コンロの上では、年末に大樹が買い換えたばかりの白いホーロー鍋が火にかけられていた。食欲をそそる匂いは、間違いなくあそこからただよってきている。

あの鍋の中で、いったい何を煮込んでいるのだろう。

(肉じゃが？　でもちょっと匂いが違うかも)

うずうずしながら、碧はスタッフ用の小部屋で身支度を整える。

支度を終えてふたたび店に出ると、大樹に手招かれた。カウンターに近づいた碧に、彼は一枚の小皿を差し出す。

「これ、ちょっと味見してくれないか」

「あっ！　角煮ですね」

碧は目を輝かせて小皿を受けとった。

四角く切り分けられた豚《ぶた》バラ肉は、つやつやした半透明の脂身《あぶらみ》と赤身が、きれいな層になっている。そこに煮汁がたっぷりと染みこんでいて、見るからにおいしそうだった。

豚の角煮は、「ゆきうさぎ」ではいわゆる裏メニューになっている。

大樹曰《いわ》く、時間と手間がかかるため、毎日つくれるものではないそうだ。お品書きには載っておらず、存在を知っているのは限られた常連が数人だけ。そのうちのひとりが碧の父、浩介《こうすけ》だ。

角煮は常連たちの間では人気の品だ。事前に連絡があり、この日に店に行くからつくってほしいという希望を受けることもある。もし残った場合は、そのとき店にいるお客にすすめて売り切っていた。

碧はさっそく、角煮に箸《はし》を入れてみた。

力をこめなくても、肉がほろりと崩れる。驚くほどのやわらかさだ。

口の中で脂身がとろける食感に、生姜のきいた甘辛い煮汁と肉汁が混じり合った濃厚な旨味《うまみ》。いますぐ白米をくださいと叫びそうになる。

「おいしい……。これだけでご飯が何杯も食べられそう」

顔をゆるませる碧に、大樹は「そりゃよかった」と微笑んだ。

「でも、前に食べたものと味がちょっと違う……？　おいしいのに変わりはないんですけど、雪村さんがいつもつくってる角煮じゃないような」

小首をかしげると、大樹は軽く眉を上げた。

「へえ……。よくわかったな。さすが食いしん坊」

「食いしん坊でもいいんですー。新しいレシピですか？」

「いや。これさ、たぶん先代の味にいちばん近いんだよ」

（女将《おかみ》さん？）

カウンターの隅に飾られたフォトフレームの写真に、自然と目が吸い寄せられる。

店の中にいるとき、大樹は祖母のことを「おばあちゃん」とは決して呼ばない。それは女将に対する敬意の証なのだろう。女将が亡くなっても、大樹は先代の味をそのまま受け継いだ料理をつくれるので、常連たちの間では評価が高い。

その上で大樹は定期的に、自分で開発した新メニューをお品書きに載せている。しかし角煮は、女将が存命だったころから人気の品だと父から聞いた。

「先代は、角煮のつくりかたは教えてくれなかったんだよな」

だから現在、店で出しているのは、女将が亡くなったあとに大樹が考案したレシピなのだという。先代の味に近づけようと努力はしたが、やはり微妙に違うらしい。

「女将さん、なんで雪村さんに教えてくれなかったのかな。肉じゃがとか、角煮以外の料理は習ったんですよね？」

「なんか、ほかに教えたい人がいたみたいだな」

「雪村さんじゃなくて……？」

「まあ、その前に先代が亡くなったから実現はしなかったけど」

大樹は「それで」と続ける。

「いまタマが食べたのは、先代のレシピなんだよ」

「えっ」

「昨日、定休日だっただろ。ちょっと先代の部屋を片づけたんだよ。ずっと手がつけられなかったんだけど、そろそろやってもいいかと思って」

「………」

大樹の母方の祖母、宇佐美雪枝《うさみゆきえ》が亡くなったのは、おととしの十月だ。一年以上が過ぎているが、なかなか決意できなかったのだろう。

碧も昨年の三月に母を亡くしてから、思い出をたどるのがつらくて、未だに遺品を整理できずにいる。だから大樹の気持ちはよくわかった。

「片づけてたら、押し入れから古いノートが出てきてさ。『ゆきうさぎ』の料理レシピだった。その中に角煮のつくりかたも書いてあったんだよ」

「女将さんのレシピ？　じゃあさっきの角煮はその通りに？」

うなずいた大樹は、「俺がつくった中では、先代の味にいちばん近い」と言った。

「これ、彰三《しょうぞう》さんにも味見してもらうつもりなんだ。今日来るって聞いたし」

彰三さん——

大樹が親しげに名前を呼んだその人は、女将が店を開いたときから通っているというベテランの常連さんだ。近所でひとり暮らしをしていて、大樹のことを孫のように可愛《かわい》がっている。

「あの人なら先代の味を知り尽くしてるからな。二十五年の経験は伊達《だて》じゃない。俺よりもよっぽど詳しいと思う」

「言われてみればそうですね。わたしが生まれるよりも前からかぁ」

「俺だって、そのころはまだ赤ん坊だったよ」

そう言って笑った大樹は、今度は別の料理の仕込みにとりかかる。

(あの角煮、彰三さんが食べたらなんて言うのかな?)

反応をあれこれ想像しながら、碧は大樹の手伝いをするために厨房に入った。


十九時半を少し過ぎたころ、ガラガラという音とともに戸が開かれた。

「いらっしゃいませ。あ、こんばんはー」

「どうも。まーた来ちゃったよ」

碧が笑いかけると、久保《くぼ》彰三は軽く手を上げ、しわだらけの顔をほころばせた。

年齢はたしか、今年で八十になると言っていた。小柄でわずかに腰が曲がっているけれど、まだまだ元気そのもので、常連の中ではもっともお酒に強い。

彰三が中に入ると、続けて背の高い人影が暖簾をくぐる。

「――お父さん!」

ひょっこりと姿を見せた父を見て、碧は思わず声をあげた。

家に帰る途中だったのだろう。背広の上からいつものコートをはおっている父の背中を笑顔の彰三がぽんと叩く。

「そこでバッタリ浩ちゃんと会ってさぁ。一緒に飲みたくて引っぱってきちまった」

（浩ちゃん……）

五十を過ぎた父をそう呼ぶのは、この人くらいではないだろうか。

目が合うと、父はおどろいたような口調で言う。

「碧、今日は休みじゃなかった？」

「ミケさんが風邪で代わったの。お昼ごろにメールしたんだけど……」

「え、ごめん。気づかなかったよ」

コートのポケットから携帯電話を取り出した父は、画面を見ながら黒縁の眼鏡をしきりに押し上げる。あれは戸惑っているときによくやる仕草だ。

父は碧が働いている日は、店にやってこない。職場に父親がいると仕事がやりにくいだろうと思っているようだ。たしかにそういった気持ちはなくもないが、せっかく来てくれたのだからと、碧は父たちのもとに近づいていった。

「ほらお父さん、コート脱いで。彰三さんの上着もおあずかりします」

「はいよー」

碧は彰三が脱いだジャンパーと父のコートを受けとった。クローク代わりに使っている小部屋に行ってハンガーにかける。

「カウンター席にどうぞ。すぐにお茶お出ししますねー」

「う、うん……」

にっこり笑った碧が椅子《いす》を引くと、父はどぎまぎした様子で腰かける。

ふたつ隣の席で、皮剝《かわはぎ》の薄造りを肝醬油《きもじょうゆ》で楽しみながら晩酌《ばんしゃく》していた常連客が、そんな碧たちの姿を見つめながら言った。

「いいですねえ、玉木《たまき》さん。うちの娘なんて、話しかけるな近寄るな、ですよ？　俺も娘に優しくされてみたいなあ」

「花嶋《はなしま》さんの娘さんは中学生でしょう。反抗期はしかたがないですよ」

父がなぐさめるように言葉を返す。

「うちの娘だって、それくらいの歳《とし》のころはそんなものでしたよ」

「む、昔のことでしょ。その話は禁止！」

あわてる碧に、父は「はいはい」と微笑むと、温かいおしぼりで手を拭きはじめた。

「こんばんは。今夜はそんなに寒くないから楽ですね」

ひと息ついた父と彰三の前に、大樹が湯呑みとお通しの小鉢を置いた。

今日のお通しは、ほぐした帆立《ほたて》の貝柱と細切りにした大根を、醤油とマヨネーズで和《あ》えたものだ。黒胡椒《くろこしょう》を少しだけ入れるのがポイントらしい。

「おふたりとも、何から行きます？」

「メンチカツだな！　腹減ってんだよ。酒はいつものやつの牛乳割り」

彰三が即答する横で、お品書きをながめていた父が顔を上げる。

「肉じゃがは昨日、碧がつくってくれたんだよな……。魚がいいかなあ。大ちゃん、何かおすすめある？」

「天然のいい真鯛《まだい》が手に入ったんで、昆布締《こぶじ》めにしてますよ」

「ああ、美味《おい》しそうだね。それにしようかな」

「春の桜鯛《さくらだい》のほうが知られてますけど、秋から冬のほうが身に脂がのりますから。煎《い》り酒《ざけ》で食べると美味《うま》いですよ。日本酒なら大吟醸《だいぎんじょう》の……このあたりなんかが合うかと」

「じゃあそれで」

手伝いのために呼ばれた碧は、衣がまぶされ仕込みが終わっていたメンチカツをからりと揚げた。父が注文した日本酒を冷《ひ》や（常温のことをそう呼ぶ。冷蔵庫が存在しなかった時代の名残《なごり》らしい）で徳利《とっくり》に移し入れ、彰三がボトルでキープしているお気に入りの泡盛《あわもり》を、琉球《りゅうきゅう》ガラス製のグラスに注ぎ牛乳で割る。

——泡盛の牛乳割りなんて、はじめはびっくりしたけど。

彰三曰く、最初の一杯をこれにすると酔いにくいのだという。味もまろやかになるようだが、未成年（二十歳《はたち》になるのは九カ月後だ）の碧にはまだわからない。

碧が準備をしている間に、大樹は冷蔵庫からステンレスのバットを取り出した。

昆布締めは、元は富山県の名物料理だ。

基本は三枚に下ろした白身魚の皮を引き、塩をふってから昆布で上下を挟むことによってつくられている。

『こうすれば魚の水分が昆布に吸いとられて、身が締まる。それで日持ちもするんだよ。富山は昔から昆布の消費量が多いし、うまく使うために考えられたんだろうな』

以前、仕込みの時間に実演してくれた大樹はそう言っていた。

大樹は昆布で締めていた鯛の切り身を、刺身包丁でそぎ切りにして皿に盛る。わさびを添えると、醬油皿に自家製の煎り酒を入れた。

ちなみに煎り酒とは、純米酒と梅干し、鰹節《かつおぶし》などの出汁《だし》を煮詰めてつくる調味料の一種である。醬油が一般に普及する前は、これが使われていたそうだ。醬油よりもさっぱりしていて塩分も控えめで、刺身によく合う。

「お待たせしました」

できあがった料理とお酒を出すと、父と彰三はさっそく箸をとった。

父はお猪口《ちょこ》を片手に、昆布締めをじっくり味わう。その横で、彰三は大きな丸い形をした揚げたてメンチカツを、あっという間に平らげてしまった。

「うん、美味い！　嬢ちゃん、揚げんの上手になったなー」

笑顔で褒められて、碧は「ありがとうございます」とはにかむ。

舌が肥《こ》えている相手なだけに、喜びもひとしおだ。

「次はどうすっかなぁ」

なんだかんだで昼食を食べ損ねてしまったそうで、まだまだ空腹の彰三は、グラスに口をつけながらお品書きを見つめている。

「あ、そうだ」

ふいに、大樹が思い出したように声をあげた。

「どーした大ちゃん」

「実は、彰三さんにちょっと味見してもらいたいものがあって」

「お、新作か？」

「いえ、角煮なんですけど。メンチカツのあとじゃ重いかな」

気づかう大樹の言葉を、彰三は「大丈夫だっての！」と豪快に笑い飛ばした。

「このおれが、そんなヤワな胃のわけないだろーが。今日は締めの茶漬けまでガッツリいただくつもりなんだからよ。肉なら大歓迎だな!」

「さすがですね……」

(元気だなあ)

八十歳とは思えない食欲に、大樹はもちろん、碧もただただ感心してしまう。歳をとるとあっさりしたものが好きになると聞くが、彰三には当てはまらないようだ。

「――これなんですけど」

大樹は開店前に煮詰めておいた角煮を温め、彰三の前に皿を置いた。

同じものを碧の父の前にも置くと、それを見ていた常連の花嶋も欲しがったので、そちらにも用意する。

「先代のレシピが見つかったんで、つくってみたんです」

「雪枝さんの?」

彰三が軽く目を見開く。

父たちも感慨深げな表情で、角煮の皿に視線を落とした。

「うちの先代、これのつくりかただけは、最後まで教えてくれなくて。自己流で近づけてはみたんですけど、やっぱりオリジナルにはかないません」

一瞬きょとんとした彰三は、すぐに「ああー……」と目尻を下げる。

「あの人にとって、角煮は特別だったからな」

「どういうことですか?」

気になった碧は思わず口を挟んでしまう。

彰三は角煮を箸の先で軽くつつくと、なつかしそうな口調で言った。

「これ、純《じゅん》さんの好物だったんだよ」

「ジュンさん?」

小首をかしげる碧に、大樹が「うちの祖父だよ」と教えてくれる。十年前に亡くなっていて、生きていれば八十八か九くらいになっていたという。

「前に話したことあっただろ。この店、先代と祖父《じい》さんが建てたって」

「あ、はい。たしかここ、女将さんの地元だったんですよね」

それはいまから三十年近く前のこと。

夫の定年退職を機に、女将はそれまで暮らしていた品川《しながわ》から、生まれ育ったこの町に夫婦で戻ってきた。

預金と退職金を使って広めの土地を買ったのは、女将のかねてからの夢だった小料理屋を開くため。女将の両親が小さな食堂を経営していたので、料理は子どものころから好きだったそうだ。結婚して家に入ったが、心の奥ではずっと夢を抱いていたのだろう。

女将はある日、その思いを夫に打ち明けた。すると――

『これまで支えてもらったから、老後は好きなことをしてかまわない』

大樹の祖父は、そう言ってくれたらしい。

それからしばらくして、女将たちは購入した土地に家と店舗を建てた。そのとき工事を請け負った大工の棟梁《とうりょう》が彰三だった。

そしてついに、女将は念願の小料理屋を開くことができたのだ。

「飯は美味いし居心地もいいし、わりとすぐ評判になったっけなぁ。そのうえ女将が美人で気さくとくりゃ、通うだろ。――ま、おれもそのひとりだったワケよ」

彰三は照れくさそうに笑いながらグラスをあおる。

空になったグラスをカウンターに置くと、今度はストレートを注文した。碧が準備をしている間にも、昔話が続く。

「雪枝さんはいい感じだったけど、純さんのほうはなー。よく店の手伝いに来てたんだよ。でもなんつーか、真面目なロボットが服着て動いてるっていうの？　接客にゃ向いてなかったわな。本人は頑張ってたけど」

「笑ったり愛想《あいそ》よくしたりするのが苦手だったみたいですね」

大樹が苦笑すると、彰三も「そーいうところは不器用だったなあ」と笑う。

故人をけなしているわけではなく、純粋になつかしんでいるのだということは、ふたりの表情を見ればわかる。

「けど、金勘定はおっそろしく速かった。しかも正確」

「元銀行員でしたから」

「だからお堅くなったのかねえ。……いや、ありゃ元々の性格だな。話してみればいい人だってすぐにわかったけどさ」

(真面目なロボットみたいなおじいさん……。うーん、想像がつかない)

大樹の祖父とはいっても、性格はだいぶ違っていたようだ。

新しいグラスに泡盛を注いだ碧は、彰三たちの話に静かに耳をかたむけている父に声をかける。

「お父さんは、雪村さんのおじいさんに会ったことある?」

「いや。ここに通い出したときには、もう亡くなっていたみたいだね。女将さんとバイトの若い子しかいなかった」

「俺のときは、すでに大ちゃんがいましたよ」

父の横で角煮を頬張りながら、花嶋がしみじみと言う。

「まだ高校を卒業したばかりのころだったかなあ。いかにも新人って感じで。あのころは酒の種類もよくわかってなかったみたいで、客から何か訊《き》かれるたびに、こう……ポケットからカンペ？　引っぱり出して読んでた記憶が」

「ああ、そんなこともありましたね」

「『すいません、女将に訊いてきます』も口癖《くちぐせ》でしたね。あれはよく言ってた」

「それがいまでは立派な若店主になって……」

「はは。玉木さん、顔が立派な『お父さん』になってますよ」

花嶋の言う通り、父は成長した息子を見つめるかのように、彰三と談笑している大樹に優しいまなざしを向けている。

――あの雪村さんにも、そんな時代があったんだ。

酒瓶を片づけながら、碧は横にいる大樹を不思議な気分で見上げる。

「雪村さんはやっぱりすごいですね」

「なんだよいきなり」

はじめて会ったときから、大樹は料理に関することならなんでもできていた。店で出すものはもちろん、賄いだって感動するほどおいしいし、知識も豊富。女将亡きあとの「ゆきうさぎ」を、店主としてしっかり守っていた。

バイトをはじめて間もないころ、碧がつい弱音を吐いてしまったとき、大樹は自分も最初は失敗ばかりしていたと言っていた。不慣れな時代は自分にもあったと。あのときは落ちこむ碧をなぐさめるために、大げさに言ったのだと思っていたけれど。

昔は未熟だったとしても、いまの大樹が完璧に見えるのは、それだけ彼が努力して成長したからだ。

そう思うと、心の底からむくむくとやる気が湧いてくる。

(わたしもがんばろう)

大学の勉強にバイト。そして料理。目標はたくさんあるのだから。

ひそかに気合いを入れ直す碧の耳に、彰三のからかうような声が飛びこんできた。

「────そういや大ちゃん、まーだ納豆が食えねぇのか」

「栄養があるのはわかってますよ。でもあれは昔からちょっと……」

「品書きにも載ったことないしなあ」

「味見ができないものは出せませんから。歳をとったら味覚が変わるって言うし、いつか好きになれたらとは思うんですけど」

「はじめて酒飲んだときも、苦いとか言ってたしな」

「最初は誰だってそんなもんじゃないですか?」

大樹がまいったなぁと笑った。普段は落ち着きがあり、年齢よりも大人びて見えるけれど、彰三の前ではいい意味であどけない表情になる。

(こういうところはちょっと可愛いかも……なんて)

ほのぼのした気分になっていると、ふいに大樹と目が合った。

「顔がゆるい。何をニヤニヤしてるんだ」

「う。あ、悪意はありませんよ？　照れ顔が可愛いなーとか思ってませんから」

「へえ……。そんなこと考えてたのか」

墓穴を掘る碧をおもしろがるように、大樹がにやりと笑う。

いつものようにじゃれ合っている（と碧は思っている）と、その様子を楽しそうに見ていた彰三が口を開く。

「好き嫌いといえばさ。純さんはものすごい偏食だったよなー」

「ですね。生魚もダメだったし、野菜もほとんど……。っていうか、嫌いなものを挙げたらキリがなかったような」

「あそこまで偏《かたよ》った人も、めったにいないだろうよ」

ふたりの会話を聞いていた碧は、おどろいて目を丸くした。

「そうだったんですか？　でも野菜は食べなきゃ体に悪いですよね……」

うなずいた大樹は、「だから」と続ける。

「先代があの手この手で食べさせてたんだよ。細かく刻んで混ぜこんだり、ペーストにしてポタージュをつくったり」

碧はぱちくりと瞬《また》いた。ポタージュ、ということは。

「もしかして、ほうれん草とか?」

「ああ。あれも先代がいろいろ工夫して、飲みやすいようにしたんだよ。青臭いのが嫌いだったみたいだから、できるだけ抑えてなめらかにして。ほうれん草だけじゃなくて、ニンジン、ジャガイモ、トマトにレンコン……。とにかくなんでもだよ」

「女将さんも大変でしたねえ……」

「本人はけっこう楽しそうだったな。偏食相手に、いかにおいしく食べさせられるか腕が鳴るって。根っからの料理好きだったから」

(楽しかったんだ。なんか……そういうのっていいなぁ)

碧が貧血を起こしたとき、大樹がつくってくれた、あたたかいポタージュ。

あの味には大樹だけではなく、女将の優しさも詰まっていたのだ。

「そんな『偏食純さん』の唯一の好物が、雪枝さんがつくった角煮でさ」

目を細めた彰三が、そっと角煮に箸を入れた。

「とはいえ、たまーにしかつくらなかったみたいだけど」

「野菜や魚ならともかく、肉ですから。脂っこいし」

たしかに大樹の言う通り、健康のことを考えればしかたがない。

女将が夫のために、心をこめてつくった角煮。いつしかその残りを常連にも出すようになり、「ゆきうさぎ」の裏メニューになったそうだ。

「だから余計に貴重なのかもなあ。店の隅っこで純さんが食ってるとこ、何回か見たことあんだけど、そりゃあもう美味そうに食うんだわ。いつもの仏頂面《ぶっちょうづら》が嘘《うそ》みたいでな。その表情が大ちゃんにそっくりで」

「えっ」

碧は思わず大樹を見た。

当の本人は「そんなに似てますかね？」と首をかしげる。

「顔立ちそのものは、たいして似てない。けど、美味いもん食ってるときの表情は瓜二つだな。血縁だねぇ」

碧の脳裏に、食事をしているときの大樹の顔が思い浮かぶ。

「ご飯食べてるときの雪村さんって、すっごく嬉しそうですよね」

「こう、顔がふにゃーってなってな」

「幸せオーラ全開！　みたいな感じで」

盛り上がる碧と彰三のかたわらで、大樹は「美味いもの食べたらそうなりますって」と言った。彼にとってはあたりまえのことなのだろう。

見ているとこちらまで食欲が湧いてくる、なんとも幸せそうなあの表情。女将の手料理を食べているときは、大樹の祖父もあんな顔をしていたのだろうか。

角煮を口の中に入れ、時間をかけて味わった彰三は、箸を置くと小さく息をついた。

「どうでした？」

「美味かったよ。これぞ雪枝さんの味！」

「………！」

「って言いたいとこだけど、ちょいと違うかねえ」

息を詰めて見守っていた碧は、その答えに「ええー……」と肩を落としてしまう。女将のレシピ通りにつくっているはずなのに。

「もちろん、これはこれで美味い。じゅうぶん客に出せる味だよ。けど雪枝さんの角煮と同じかって訊かれたら、やっぱ違和感がある」

「違和感……」

大樹は落胆《らくたん》の色を見せることなく、思案顔で顎《あご》に手をあてた。

「彰三さん。具体的に、何が違うと思います？」

「そうだなあ……。雪枝さんのはもう少し、味つけが甘かった気がする。あと、もうちょい肉に弾力があったかなぁ。煮込み時間の違いかね」

「いちおう、見つけたレシピに沿ってはいるんですけど」

「それたぶん、だいぶ前のやつだろ。改良してたら味も変わる」

大樹がうーんとうなっていると、彰三は二杯目のグラスを持ちながら続ける。

「そんなに再現したいなら、毬《まり》ちゃんに頼めばいいじゃねぇか。たしか雪枝さん、娘には教えてるはずだぞ」

「とっくに訊いてます。でも教えてくれないんですよ、うちの母親も」

苦笑した大樹が肩をすくめた。

角煮のレシピは大樹の母には受け継がれているようだが、息子にはなぜか教えてくれないらしい。別に意地悪をしているわけではない……とは思うのだけれど。

(何か理由があるのかな？)

大樹の表情を見る限り、不満はあるが、怒っているわけではないといった感じだ。

実家に行くたびに、手料理を詰めたタッパーやお菓子を持たされるそうなので、母親とは普通に仲良くしているのだろう。

「ま、おれとしては美味いもんが食えればそれでいいけどな。雪枝さんの味にこだわってるワケでもないしさ」

グラスに残っていた泡盛を飲み干した彰三は、満足そうに息を吐く。

「おれがいままでもここに通ってんのは、大ちゃんがつくる飯が美味いからだし。それにここに来れば、浩ちゃんや花ちゃんたちと飲めるからなー」

彰三がそう言うと、父と花嶋も同意する。

「この店、気楽で居心地がいいですから。行けば誰かしら知り合いがいますし」

「家でさびしく飲んでてもつまらないですからねえ」

女将がいなくなっても、常連たちは変わらず「ゆきうさぎ」に通ってくれる。

それは間違いなく、大樹の料理と人柄によるものだ。新しい店主をちゃんと認めてくれているのだと、碧まで誇らしくなってくる。

ありがとうございますと言った大樹が、酒瓶が並んだ棚にちらりと目をやった。

「嬉しいから何か一杯サービスしようかな。特別に」

「お、いいねー。太っ腹！」

「なんでもいいですよ。好きなので」

微笑んだ大樹が、彰三たちにお品書きを差し出す。

そのあとも楽しくにぎわいながら、ゆっくりと夜が更けていった。


一週間後――

ランチタイムの終了間際、出入り口に近いテーブル席で、お客が食べ終わった料理の器を碧が片づけていたときだった。

格子戸が勢いよく引かれたかと思うと、スーツ姿の男性が飛びこんでくる。

「ぎりぎりでごめん！　まだやってる？」

「大丈夫ですよ、鳴瀬《なるせ》さん」

息を切らせて入ってきたのは、常連のひとりである鳴瀬隼人《はやと》だった。

三十代半ばの彼は、平均年齢が高い「ゆきうさぎ」の常連客の中では若いほうだ。大樹が店主になってから通いはじめた人である。

「あーよかった。やっと休憩がとれてね。っていってもあと十五分なんだけど」

腕時計に目をやった隼人は、大樹がいるカウンターに大股《おおまた》で近づいていく。

仕事の合間に抜け出してきたのだろう。私服のときも多いが、今日はきちんとした格好で、髪もしっかり整えられている。

「というわけで、大樹くん」

「弁当ですね。急いで用意するんで、ちょっとだけ待っててもらえますか？」

うなずいた隼人は「いつも悪いね」と両手を合わせた。

隼人は何年か前に、みずから小さなイベント企画会社を興《おこ》した社長さんだ。会社は駅の向こう側にあるテナントビルの中にあり、若い社員たちの先頭に立ってあちこちを飛び回りながら、バリバリ働いている。

仕事が終わった夜に来店することが多いが、たまにこうして昼休みにも来てくれることがある。しかし店内で食べている時間がないので、大樹は隼人のためにランチメニューを専用の容器に詰め、持ち帰れるようにしていた。

こういった融通がきくのも、常連ならではのことだ。

『せっかくここまで来てくれるわけだから、こっちも応《こた》えないと』

いつだったか、大樹はそう言っていた。

隼人の会社は繁華街にあるので、周囲にはコンビニはもちろん、ファストフード店にカフェ、ラーメン屋に定食屋といった飲食店がひしめき合っている。時間が限られている中で、わざわざ駅の反対側にある「ゆきうさぎ」に足を運ぶ必要はないのだ。

それでも来てくれるのは、この店の料理が食べたいから。

たくさんある店の中で、「ゆきうさぎ」を選んでくれたお客の希望にはできるだけ応えたいという、大樹の気持ちはよくわかる。

大樹が準備をはじめると、隼人はカウンター席に腰を下ろした。

碧はいつものように熱いお茶を淹《い》れ、彼の前に置く。

「今日も忙しそうですね」

「これから打ち合わせで移動なんだ。弁当なら車の中で食べられるから助かるよ」

淹れたてのお茶をすすりながら、隼人がにっこり笑った。ちなみに彼が手にしているのは、碧がこのまえ購入した、可愛らしいうさぎ模様の湯呑みである。

「そうだ。タマちゃん、プリンはまだ残ってる?」

「ありますよー。カスタードと新製品の豆乳あずきプリン、どっちがいいですか?」

「どっちも……って言いたいんだけど、最近ちょっと太ってきたんだよなー」

言いながら、隼人がお腹《なか》のあたりを軽くさする。

「そうなんですか?　あんまり変わらない気がしますけど」

「いやいや、これがけっこうヤバいんだよ。でもストレスたまると、ついつい甘いものに手が伸びてさ。この歳になると簡単には痩《や》せられないし。ここは控えめに一個にしておくかなぁ」

そんなことを話しているうちに、大樹が野菜炒《いた》めをつくり終えた。

この先は碧の仕事だ。できあがったおかずとご飯を彩《いろど》りよく容器に詰めていると、隼人と大樹の会話が聞こえてくる。

「そういえば。彰三さんがちょっと前から入院してるんだけど、知ってた?」

思わぬ言葉に、碧はおどろいて顔を上げた。

大樹も知らなかったようで、その表情に動揺が浮かんでいる。

「先週見たときは元気そうだったけど……。どこか悪かったんですか?」

「いや、実はさ」

隼人の話では、彰三は何日か前、病気で入院している知り合いのお見舞いのために市内の病院に行ったそうだ。

そして帰ろうとした彰三が、椅子から立ち上がろうとしたとき――

「ビキッと来ちゃったみたいなんだよ。ここに」

隼人は自分の腰のあたりに手を置いた。

「それはつまり……」

「いわゆるギックリ腰だね。どうも昔から、腰はあんまり良くなかったみたいで。職業病かな」

とっくに引退はしているが、体を使う大工仕事を何十年も続けていたそうなので、いろいろと負担が積み重なっていたのだろう。

「それで動けなくなっちゃってね……。病院の中だったし、すぐに診てはもらえたんだけど。ベッドが空いてたから、とりあえず二、三日は安静にってことになって」

まるで、実際にその場にいたかのような言い方だ。

不思議に思って訊いてみると、「目の前で見てたから」という答えが返ってくる。

「彰三さんの知り合いっていうのが、俺が前に仕事で世話になった人でもあってね。だから一緒に見舞いに行ったんだよ。それがあんなことになるとは」

隼人は困ったようにため息をつく。

「大丈夫なんですか？　彰三さん、ひとり暮らしなのに」

気づかう大樹に、隼人は「ああ」とうなずいた。

「最初は痛がってたけど、昨日様子を見に行ったときは元気だったよ。普通に動けるようになるまでは、まだ時間がかかるみたいだけど……。娘さんと連絡がついたから、明日くらいには家に帰れるんじゃないかな」

（そっか。娘さんがいたんだ）

彰三は四年前に奥さんに先立たれてからは、ひとりで暮らしている。

隼人が言うには、香港《ホンコン》に移住して働いている独身の娘がいて、少し前にようやく電話で話をすることができたらしい。

「彰三さんが頑固でねー……。『ギックリ腰くらいで呼び戻せるかー！』って、なかなか連絡先を教えてくれなかったんだよ。まあ国内ならともかく、海外だしね。だからって知らせないわけにはいかないだろ」

「ですよね。それでどうなったんですか？」

「なんとか説き伏せて、俺から電話したよ。先方にはびっくりされたけど」

「娘さんはなんて？」

「すぐに帰国するってさ。退院には付き添えると思うよ」

身内がそばにいてくれるなら、家に帰っても心配はないだろう。

ほっと胸を撫《な》で下ろしていると、大樹の声が飛んでくる。

「タマ、手が止まってる」

「あ、いけない」

急いでお弁当を完成させた碧は、新作プリンを添えた包みを隼人に手渡す。

「お待たせしました！」

「ありがとう。今度は夜に来てゆっくりしたいもんだな」

代金を支払った隼人があわただしく出て行くと、大樹が無言で片づけをはじめた。表情を見れば、何を考えているのかは読みとれる。

「彰三さん、はやく良くなるといいですね」

「そうだな……」

――雪村さんも、やっぱり心配なんだろうな……。

そんなことを思いながら外に出た碧は、冷たい風に揺れる暖簾をそっとはずした。


翌日は水曜なので、週に一度の定休日だった。

店が開いていなくても、大樹が一日中だらだらと休むことはほとんどない。買い物や仕入れの確認、帳簿付けにお品書きの更新など、やるべきことは山積みだ。

少しだけ朝寝坊をして朝食をとったあと、午前中はこのところ手入れができずにいた中華鍋のメンテナンスを行った。

高温で空焼きした鍋を、熱が引いたのちに目の粗《あら》い布やすりで磨き上げる。浮き出た汚れを洗い流してから、適当な野菜の切れ端を炒めることで表面に油をなじませた。しっかり手入れをすれば焦げつかないし、料理もおいしく仕上げることができる。

（先代が遺してくれたものでもあるしな）

店の調理器具のほとんどは、先代が大事に使ってきたものだ。あまりにも古いものは買い換えているけれど、できるだけたいせつに、長く愛用していきたいと思う。

手入れを終えて昼食をすませたあとは、先代が存命のときから世話になっている税理士のもとに赴く。その帰りに取り引き先の酒屋に寄ってから店に戻り、換気扇《かんきせん》の下でぼんやりと一服していると、備えつけの電話が鳴った。

（――あ、定休日か）

一瞬ためらったものの、体は自然と動いていた。吸い殻を灰皿に押しつけてから、レジの隣に置いてある電話に駆け寄る。

「はい、小料理屋『ゆきうさぎ』です」

『どーも。大ちゃん？』

独特のしわがれ声に、大樹はあっと声をあげる。

「彰三さん？」

『そうそう。やっぱりこっちにいたのか。休みなのに電話して悪いな』

受話器の向こうから感じられるのは、いつも通りの明るい雰囲気だった。

昨年の夏、桜屋《さくらや》洋菓子店の主人は、思わぬ怪我をしたせいで気落ちしてしまった。同じようなことになっていないか心配だったが、声を聞く限り変わった様子はない。

(元気そうだな)

安堵《あんど》した大樹は、「気にしないでください」と答えた。

「それより彰三さん。腰、大丈夫ですか?」

『んん?　なんで知ってんだよ』

昨日、隼人から聞いたと言うと、彰三は『あー』と間延びした声を出す。

『鳴ちゃんには迷惑かけちまってなあ……。今度会ったら酒の一杯でも奢《おご》らねえと』

「でもあの人、下戸《げこ》ですよ」

『おっと、そうだった。んじゃ何か甘いモンだな』

笑いかけた彰三は、すぐに短くうめいた。笑うと腰に響くようだ。

『いやぁまいった。さっき家に帰ってきたんだけど、まだそんなに動き回れなくてよ。大ちゃん、腰はいまのうちから大事にしとけよー』

「気をつけます。立ち仕事だし」

小さく笑った大樹に、彰三は『ちょいと頼みがあるんだよ』と切り出した。

明日でも明後日でもいいから、とにかく近いうちに「ゆきうさぎ」の料理が食べたいのだという。どうやら病院の食事が口に合わなかったようだ。

『まだそっちには行けないからさ、折詰なんかにできないかねえ。鳴ちゃんにつくってる弁当みたいな感じで』

「ああ、いいですよ。入れ物もあるんで」

『ほんとか？　ありがたい！　いま娘が来てるんだけど、これがまた料理が苦手でなぁ』

娘に取りに行かせると言われたが、様子を見たかったので、出前がてらの見舞いを申し出た。明日のランチタイム後に届けることを約束し、彰三が食べたいものをたずねてから通話を切る。

そして一夜が明け、早朝に起き出した大樹は、いつもより早く店に入った。

——さてと、どうする？

大樹の手にあるのは、先代女将のレシピノート。

『豚の角煮！　めちゃくちゃ食いたくてしかたないんだよ』

そうリクエストされたので持ってきたが、彰三は以前、先代の味にはこだわっていないと言っていた。昨日の電話では『大ちゃんの角煮でいいんだよ』とも。

『おれがいまでもここに通ってんのは、大ちゃんがつくる飯が美味いからだし』

彰三の言葉が頭をよぎる。

先代から引き継いだ「ゆきうさぎ」を守り続けるには、先代と同じ味の料理が不可欠だと思っている。現に昔からの常連客は、変わらない味を求めて来てくれる人も多い。だからそれは間違っていない。

けれど彰三のように、大樹の料理を気に入ってくれる人もたしかにいるのだ。そう思うと嬉しくて、報われたような気分になる。

先代の味を守りつつ、少しずつでいいから、自分の味も認めてもらいたい。

店を再開させるときに抱いた希望は、ゆっくりと花開いている。

「――よし」

開きかけたページを閉じた大樹は、ノートをカウンターの上に置いた。エプロンをつけて頭にはバンダナを巻き、厨房に入る。

豚の角煮は、中国から伝わってきた料理だ。

東坡肉《トンポーロー》という豚肉の煮込みが、琉球王国――沖縄でラフテーとなり、鹿児島や長崎を経て広まっていったと言われている。

必要な材料は、昨日のうちに買いそろえてあった。まずは冷蔵庫に入れていた豚バラ肉のかたまりを、熱したフライパンで焼きつける。脂っこさを残していると食べたあとに胃がもたれてしまうので、余計な脂肪《しぼう》はここで落とす。

表面に焼き色がついたら水を張った鍋に入れ、弱火で九十分ほど煮る。

手間も時間もかかるが、下茹《したゆ》ですることで脂が抜け、さっぱりと食べられるのだ。ここで米のとぎ汁やおから、もしくは紅茶を入れて煮ると肉がやわらかくなるが、いろいろ試した結果、大樹はシンプルに塩だけ加えることにしている。

落とし蓋《ぶた》をして茹でている間に、一緒に煮込む大根の下ごしらえをする。

(残ったこれは……切り干しにでもするか)

無駄が出ないよう気を配りながら、大樹は皮を剝《む》いた大根を輪切りにして、さらに半分に切っていった。

そしてランチタイムの仕込みと並行しながら、大根を下煮する。

茹であがった豚肉はアクを落として切り分けてから、大根と一緒に、独自に配合した煮汁で煮詰めていく。普通の砂糖ではなく、黒砂糖を使うところが自分のこだわりだ。あとは途中で生姜を加えて、弱火でじっくり四十分。

煮汁が全体に染みこんで、豚肉と大根がいい色になってきたころ、ふいに戸が開いた。

「おはようございます……ああっ、またおいしそうな匂いが!」

出勤してきた碧は目の色を変えて、厨房に突進してくる。

「この匂いは煮物————ずばり角煮ですね?」

「ご名答。また味見するか?」

「します！　ぜひ！」

元気な答えに口角を上げた大樹は、角煮をひとつ皿にのせて碧に渡した。

さっそく頬張った彼女は、すぐに目尻を下げて笑顔になる。

「おいしーい……。これ、いつもの雪村さんの角煮ですよね」

「さすが。やっぱりわかるんだな」

「だって味が違いますもん。このまえ食べたものもおいしかったけど、わたしはこっちも好きですよ」

以前、碧は彰三と一緒になって、自分が美味いものを食べているときの顔がどうのこうのと言っていた。だけどこうして見ていると、碧だって大樹に負けず劣らず嬉しそうな表情をしていると思う。

大樹の視線に気づいた碧は、角煮をのみこんでから口を開く。

「あの……。わたしの顔、どこか変ですか？」

「いや？　別に」

「でも雪村さん、何かニヤニヤしてません？」

「気のせいだろ」

こんな顔を自分がしているのなら、まあ――悪くはない。

それから四時間が過ぎ、ランチタイムの営業を終えた大樹は、炊飯器に残っていた白米を使っておにぎりをつくった。中に入れるのはもちろん、自家製の梅干しだ。

スーパーなどで売られているものよりも、手づくりの梅干しは塩分濃度が高い。保存方法さえしっかりしていれば、何年たっても食べられる。

彰三から依頼されたのは角煮だけだったが、今日のランチで出したきんぴらごぼうが余っていたので、それも入れることにする。彩り用に緑が欲しくなり、ついでに小松菜でお浸《ひた》しもつくると、碧がそれらを容器に詰めた。

「これ、彰三さんに届けるんですよね。わたしもついていっていいですか?」

「バイトならもう終わりだけど」

「仕事とか関係なしに、できれば顔が見たいなーって思って。普段なら週に二、三回は来てくれてるのに、このところ会ってないから」

しばらく姿を見ないとさびしいですね、という碧の言葉に、たしかにそうだと思う。

――彰三さんは、常連のヌシみたいな人だしな。

そんなことを思いながら弁当を包んだ大樹は、碧と一緒に店を出た。

「うわ。今日は寒いですねー」

外に出たとたん、凍えるような風が吹きつけてきた。

首をすくめた碧は、巻いていたオレンジ色のマフラーを口元まで引き上げる。

「でも、雪が降るほどじゃないな」

空を見上げた大樹が、眉ひとつ動かさずに言う。

(ミケさんとは正反対だなあ)

寒さに弱い彼女なら、きっとこんな日はモコモコに着こんでくるだろう。大樹は薄手のコートをはおっているだけだが、無理をしているわけでもなさそうだ。今日は吐いた息が白くなるくらいに気温が低いけれど、見ている限り平然としている。

戸を閉めて鍵をかけた大樹は、駅とは反対方向に歩き出した。碧が追いつくと、こちらの歩調に合わせて速度をゆるめる。

「彰三さんのお宅って、ここから近いんですか?」

「歩いて七、八分くらいかな。正月に初詣《はつもうで》に行っただろ。あの神社の裏だよ」

「ああ!　あっちのほうなんですね」

年始の休みが終わる直前に、大樹と一緒に行った初詣を思い出す。

あのときは、実家に戻ってきていた蓮《れん》と星花《せいか》も誘って、四人で出かけたのだ。

樋野《ひの》神社はそれなりに広い敷地を持っていて、境内《けいだい》にはいくつもの屋台が出ていた。目に映るものすべてがおいしそうで、食欲の赴くままにどっさり買いこむと、大樹と蓮におどろかれた。

「最初にたこ焼きで、次が焼きそば。それからじゃがバターとチョコバナナにベビーカステラ……。あとはなんだっけ？」

同じことを思い出したのか、大樹が笑いを嚙《か》み殺している。

「いいじゃないですか。星花ちゃんはよろこんでくれたし」

「結局、ほとんどタマと俺が食べたんだよな」

「だって蓮さんたち、もうお腹いっぱいって言うから。それにしても、屋台の食べ物ってどうしてあんなにおいしいんでしょうね——……」

他愛のない話をしているうちに、神社の赤い鳥居が見えてくる。

裏に回ると、住宅街の中に建つ二階建てのアパートがあらわれた。屋根は黒く、外壁は淡いクリーム色で、さほど古くはなさそうだ。

「何階ですか？」

「一階の右端って言ってたな」

言いながら、大樹はアパートに近づいていく。

教えられていた部屋の呼び鈴を鳴らすと、少しの間を置いて内鍵を開ける音がした。ゆっくりとドアが開き、四十歳くらいの女性が姿を見せる。

(この人が彰三さんの娘さん？)

予想よりも若い印象のその人は、Ｖネックの白いニットにジーンズというラフな格好をしていた。短く切りそろえた髪は暗めの茶色に染めていて、薄化粧をした顔がとてもきれいな、凜《りん》とした雰囲気の美人だ。

彼女は小首をかしげたあと、大樹が手にしていた包みに目を落とす。

「――あ、もしかして小料理屋の人？」

大樹が「はい」とうなずくと、彼女はすぐに表情をゆるめた。

「父がワガママを言ったみたいで。わざわざ来てもらってすみません」

「いえ。彰三さんは昔からのお得意さんなので」

「すごくお気に入りのお店みたいね。玄関先じゃなんだし、どうぞ上がって」

笑顔の彼女にうながされ、碧と大樹はお邪魔しますと言って靴を脱いだ。

家の中はきちんと片づけられ、掃除もされているようだった。小さなダイニングを抜けた先に和室があり、そこに敷かれた布団の上に、彰三が横になっている。

こちらに顔を向けた彰三は、「おっ」と目を輝かせた。

「大ちゃん、悪いなー。こんなとこまで来させちまって」

「だから気にしないでいいですって。これ、注文の角煮です」

枕元に膝《ひざ》をついた大樹が、出前の包みを解いた。蓋を開けて中を見せる。

「ランチタイムのおかずが余ってたんで、ついでに詰めてきました。よかったら」

「そりゃありがたい。きんぴら好きなんだよ」

口元をゆるませた彰三は、「おーい佳奈子《かなこ》!」と声をあげた。近づいてきた娘に、料理を温めてくれと頼む。

角煮を目にした彼女は、勢いよく父親を見た。

「え、なにこれ。お父さん、こんないいものひとりで食べようとしてたの?」

「おまえも食えばいいじゃねえか。たっぷりあるんだからよ」

「じゃ、遠慮なく。どれくらい温めればいいの?」

「レンジだと硬くなるんで、ビニールパックに入れて湯煎《ゆせん》に……」

大樹が指示した通りに角煮を温めた佳奈子が、しばらくしてお盆を手に戻ってくる。料理とおにぎりはお皿に盛りつけられ、ほかほかと湯気をたてていた。

「よ……っと!　いてて。まだ動かすと痛むんだよなぁ」

なんとか体を起こした彰三は、佳奈子からお皿と箸を受けとった。

やわらかく煮込まれた肉を口に入れると、飲みこむのが惜しいかのように嚙みしめる。

「あーこれこれ、この味だよ。やっぱ美味いわ」

「ホントね。とろっとろなのにサッパリしてて。まずいわ、いくらでも食べられそう」

彰三のかたわらで、佳奈子も顔をほころばせた。

彼女も気に入ってくれたのか、食事のスピードが明らかに速くなる。盛りつけられた角煮は見る見るうちに空になり、おにぎりも消えていった。

しばらくして我に返ったのか、はっとした佳奈子は「あらやだ」と、照れくさそうに口元を押さえる。

「無我夢中で食べちゃった。これはうちの父も通うはずだわー」

それは大樹にとって、なによりの褒め言葉だろう。

碧が目を向けると、彼は「ありがとうございます」と嬉しそうに微笑んだ。

「――ごちそうさん。久しぶりに生き返った気分だよ」

箸を置いた彰三が、満足した表情で言う。

「病院の飯はさ、不味《まず》くはないんだけど味が薄くてな。やっと家に帰ってきても、佳奈子じゃたいしたもんはつくれねぇし」

「ご、ご飯なら用意したでしょ。……ほとんどスーパーのお総菜だったけど」

佳奈子が気まずそうに付け加える。彼女は仕事が忙しく、普段からあまり料理はしないのだという。

「向こうには屋台とかもあるし、つい便利なほうに流れちゃって」

「まあ、いまはなんでも買える時代だしな。ちゃんと食ってんならそれでいい」

苦笑した彰三が、ふたたび布団に横になった。

「それにしても暇だよなー。いつもの散歩もできねぇし、猫にも会えん」

「猫？」

「大ちゃんの店の近くをうろついてるやつがいるだろ。あいつときどき、ほかの猫と一緒に神社の境内にいるんだよ。あのふてぶてしい面構えがいいんだよな」

（武蔵《むさし》のことかな……？）

あの猫は碧の知らないところで、彰三の心もつかんでいたらしい。

「歩かないと体がなまるし、早いとこ治してあいつに会いに行きてえなあ」

「だからって無理はしないでよ？」

悪化させたらどうするのと、佳奈子が彰三をねめつける。

「連絡受けたとき、ほんとにびっくりしたんだから……。何度も言うけど、やっぱり私のところに来ない？」

「馬鹿言え、いまさら言葉が通じないところで暮らせるかっての。知り合いもいない、『ゆきうさぎ』もない場所なんて、頼まれても嫌だね」

「でも、お父さんひとりじゃ心配なんだってば。まだ若いつもりかもしれないけど、もう八十になるんだから。今回みたいなことがまたあるかもしれないでしょ？　どうしてもここがいいなら、私が戻ってきて新しい仕事探しても……」

「ずっとやりたかった仕事だろうが。簡単に辞めるんじゃねえよ」

ぴしゃりと言った彰三は、声音《こわね》をやわらげて続ける。

「大丈夫だから、気にすんな。向こうで好きなことやれよ」

「だけど」

「聞こえねえなー」

彰三は目を閉じて、狸寝入《たぬきねい》りをはじめてしまった。

「———さっきと同じ会話をね、何年も前から繰り返してるのよ」

肩をすくめた佳奈子は、碧と大樹が帰るとき、玄関先でそう教えてくれた。

「父も頑固だから。たぶん何を言ってもここに住み続けるでしょうね」

彰三は生まれてからずっと、この町で暮らしているという。地元に対する愛着が強いのは間違いない。佳奈子の言う通り、これからも動こうとはしない気がする。

けれど娘としては心配で、放ってはおけないのだろう。碧の家族も、いまは父だけなので、彼女の気持ちは理解できる。

「……彰三さんは」

黙って話を聞いていた大樹が口を開く。

「うちの店の常連さん、全員と顔見知りなんです。なんというかその、常連のヌシみたいな感じで。いちばん年上でもあるんで慕われてます」

「そうなの？　まあ、昔から面倒見はよかったけど」

「彰三さんを気にかけてくれる人は、たくさんいると思いますよ。自分もそうだし、ほかの常連さんたちも。ひとり暮らしをしてるのも知ってるから、みなさんよく声をかけてるし、ここまで様子を見に来る人もいるみたいです」

大樹の言っていることは、すべて事実だ。

碧の父も、花嶋も、そして隼人も。彼らだけではなく、「ゆきうさぎ」の常連はみな彰三を慕っていて、さりげなく気を配っている。

だから心配いりませんとは、大樹は言わなかった。それは無責任に、軽い気持ちで口にしてはいけない言葉だ。しかし、彰三を気にかけている人は多いということだけは伝えておきたかったのだろう。

大樹の話を聞いた佳奈子は、やがてわずかに口元をほころばせた。

「……『ゆきうさぎ』さん、だったかな」

「はい」

「うちの父、腰がよくなったらまたお店に通いはじめるはずだから。たぶんずっとあんな調子だろうけど、これからもよろしくお願いしますね」

佳奈子がぺこりと頭を下げると、大樹は「こちらこそ」と微笑んだ。


それから五日後。

夜の営業がはじまったと同時に、格子戸が開いた。

「どーも。元気かい?」

「彰三さん!」

腰を気づかってか、ゆっくりと近づいてきた彰三は、上着を脱いで碧に渡した。

「お、今夜は姉ちゃんもいるのか。なんか久しぶりだなー」

「最初は軽い風邪だったのにこじらせちゃって、出勤できなかったんですよ……。昨日からやっとお医者さんの許可が出て」

割烹着《かっぽうぎ》に身を包んだ菜穂が、カウンター席の椅子を引く。「そりゃ大変だったな」と言いながら、彰三は慎重な動作で腰を下ろした。

「おれもしばらく動けなかったんだよ。仲間だな」

「腰はもう平気なんですか？」

「この通り、歩き回れるようにはなった。まだ無理はできねえけど」

お通しを出した大樹が、ほっとしたような表情で声をかける。

「彰三さん、娘さんは？」

「ちょっと前に帰ったよ。で、これからはマメに帰国して、安否確認の電話もするだと。そんなに心配しなくても大丈夫だってのに」

「そのわりには顔が嬉しそうですよ？」

「おれの顔なんかどうでもいいだろうが。とにかくいつものやつ！」

照れ隠しなのか、彰三はぷいとそっぽを向く。

碧は笑いをこらえながら、ほぼ彰三専用になっているグラスに泡盛を注ぎ、牛乳で割った。包丁で叩いた海老《えび》を湯葉《ゆば》で巻き、さっくりとした歯ごたえになるよう揚げたお通しを肴《さかな》に、彰三がしみじみとした表情でグラスをかたむける。

「ま、なにはともあれ動けるようになってよかったよ」

大きな息を吐きながら、彰三がぽつりと言った。

「自分は若いつもりでも、体はいつの間にか弱っちまってるからなあ。転んで骨折して、そのまま寝たきりなんて話もあるだろ。この店の常連で、そうやって動けなくなった人がいてさ、怪我するまではほんとに元気だったんだけど」

「……」

「たしか当時、八十五、六だったかねえ。それで一気に気力も落ちちまって。介護できる身内が近くにいないもんだから、いまは施設に入ってるよ」

返す言葉が見つからず、碧が戸惑っていると、大樹に軽く袖を引かれた。

——口を挟むな。聞いているだけでいい。

そう言われた気がして、碧は小さくうなずいた。

「この歳になると、昔からの知り合いは減っていく一方でさ……」

グラスをもてあそびながら、彰三の目がどこか遠くを見つめるかのように細められる。

「ちょいと前までは、おれより年上の常連もたくさんいたんだがなあ。いまは雪枝さんも純さんもいねえ。しかたのないことだけど、やっぱりさびしいな」

(彰三さん……)

「おっと、辛気臭くなっちまった」

我に返ったのか、わずかな陰がさしていた彰三の両目に生気が戻る。

「けど、いまはいまで楽しいからな。大ちゃんの飯は最高だし、常連も気のいい人ばっかりだしさ。だからまあ、これからもよろしくな」

彰三がにかっと笑うと、大樹もまた笑顔で「いつでも待ってますよ」と答えた。

しんみりとした雰囲気がそこで消え、なごやかな空気が戻ってくる。

「――それにしても、このまえの角煮は美味かったなあ」

泡盛を飲み干した彰三が、あらたな話題をふってきた。

「雪枝さんの味じゃなくても、あれでじゅうぶんやってけるだろ」

「お品書きには載せられませんけどね。毎日はつくれないから」

「常連だけが知ってるってのが、またいいのよ。特別感っていうの?」

彰三は機嫌よく笑った。すっかり元気になった姿を見ていると、碧の顔にも自然と笑みが浮かんでくる。

――やっぱり彰三さんはこうでないと。

「そういえば……」

角煮と聞いて思い出した碧は、抱いていた疑問を投げかけてみる。

「女将さん、なんで雪村さんに角煮のつくりかたを教えてくれなかったんでしょうね?」

「うん？　ああ、そのことか」

彰三は、離れた場所で仕込みをはじめた大樹をちらりと見た。

「角煮はな、いつか大ちゃんが嫁さん迎えたら、その人に教えたかったんだとよ」

「えっ！　あ、だから雪村さん、あんなこと言ったんだ」

「あんなこと？」

『なんか、ほかに教えたい人がいたみたいだな』

大樹の言葉を伝えると、彰三は「なるほどねえ」とうなずいた。

「ほれ、大ちゃんはあの通りの腕前だろ。なんでも上手につくるから、たぶん嫁さんはかなわねえ。だから一品くらいは、大ちゃんを心からよろこばせられる料理を教えてやりたかったんだろうよ。……まあ、そのまえに雪枝さんが逝《い》っちまったんだけどさ」

最後の一言がどこかさびしげに聞こえて、胸がきゅっと苦しくなる。

「毬ちゃん……大ちゃんの母親も、そんな一品を持ってるはずだぞ。えーと、たしかナスのなんとかだった気が」

「――肉味噌《みそ》炒めですよ」

顔を上げた大樹が、苦笑しながら口を挟んでくる。どうやら話は筒抜けだったらしい。

「けど、いつになることやら。っていうか、そもそも実現するかもわからないし」

「大ちゃんなら引く手あまたじゃないかねえ」

彰三がそう言ったとき、戸が開いて数人の男性客が入ってきた。碧は出迎えるためにカウンターの外に出る。

「おっ、彰三さんだ」

「こんばんは。腰、痛めたって聞いて心配してたんですよー」

常連客たちに囲まれた彰三は、生き生きとした表情で受け答えをしている。その光景を見つめながら、碧はさきほどの話を思い返した。

(雪村さんがよろこぶ料理かぁ……)

それはいったいどんな味なのだろう。

おいしいものを口にして、幸せそうな顔をする大樹の姿。あれこれ想像していると、にぎわいはじめた店内で、聞き慣れた声が碧を呼んだ。

「タマ、ちょっと来てくれ」

「すぐ行きまーす!」

元気よく答えた碧は、心をはずませながら厨房に向かった。

第2話　4月の花見にさくら寿司

「――あ」

三月二日、水曜日。正午を迎える少し前。

駅ビルの書店に入り、料理本の棚に近づこうとした碧《あおい》は、そこに立つ大樹《だいき》の横顔を見つけて足を止めた。

彼の手にあるのは、一冊の大きな薄い本。タイトルまでは見えないが、料理本コーナーにいるのだから、何かのレシピ集なのは間違いない。

大樹は碧に気づくことなく、真剣な面持ちで本のページをめくっている。

(隣にいるのは……蓮《れん》さん?)

洋菓子、と記されたプレートの棚の前には、蓮が立っていた。大樹のすぐ横で、楽しそうに口元をゆるませながら、何かの本に目を落としている。

蓮はあいかわらず、重ね着した洋服からアクセサリーまでセンスがよく、暗めの色でさりげなくお洒落《しゃれ》にまとめていた。一方の大樹はいつものように気張らない服装だったが、それでも蓮にひけをとらない格好よさがあると碧は思う。

背が高く、顔立ちも整ったふたりの青年が、仲良く肩を並べて料理本に夢中になっているこの光景……。

はっきり言って目立っているが、本人たちはまったく気がついていない。

「雪村《ゆきむら》さん」

静かに声をかけると、大樹はびくりと肩を震わせた。脅かすつもりはなかったが、集中していたところを邪魔してしまったかもしれない。

「ああ、なんだ。タマか」

顔を上げた大樹が、碧の姿を見て表情をほころばせる。

「え、タマちゃん?」

一瞬遅れてこちらを向いた蓮は、黒い帽子のつばを引き上げながら「元気だった?」と問いかけてきた。彼に会うのはひと月ぶりくらいだろうか。

元気ですよと答えたとき、大樹が持っていた本のタイトルが目に入る。

「お寿司《すし》?」

「ちょっと調べものがあって」

――雪村さんでも、料理本を参考にすることがあるんだ……。

大樹の右隣に立った碧は、目についた一冊の本を引き抜いてみた。

(お寿司っていっても、いろんな種類があるんだなぁ)

手まり寿司に押し寿司、カップ寿司。大きさはどれも手のひらにのるくらい。色とりどりでバリエーション豊かな飾り寿司の数々に心ひかれる。

「雪村さん、これ！　可愛《かわい》いのがいっぱいありますよ」

「そういうの、タマは好きだよな。それもいいけど」

閉じた本を棚に戻した彼は、ずらりと並んだ背表紙を物色しながら続ける。

「今回は依頼があったんだ。先週、花嶋《はなしま》さんから頼まれたんだよ。三月三日にちらし寿司をつくってくれないかって」

「三月三日……。ひな祭り？」

大樹は「その通り」とうなずいた。

「ちらし寿司が食べたいって、娘さんからリクエストされたんだってさ」

「花嶋さんの娘さん？　たしか中学生でしたよね」

「下にもうひとりいるんだよ。来月、小学校に上がる女の子」

末娘から食べたいものをリクエストされたものの、花嶋夫妻は共働きで、三日はどちらも朝から夕方まで仕事らしい。手の込んだものをつくる時間がないので、大樹に「なんとかならないか」と話を持ちかけてきたそうだ。

「それで引き受けたんですね」

「花嶋さんは何年も通ってくれてる常連だしな。鳴瀬《なるせ》さんや彰三《しようぞう》さんのときみたいに、テイクアウトにすれば家で食べられるし」

しかし、こういった祝い事のための料理はあまりつくったことがなかったので、参考になる本を探しているのだという。大樹ならどんな料理でも見事に仕上げられる気がするけれど、彼でも得意不得意はあるようだ。

「食物アレルギーとかがあったら配慮するけど、それはないみたいだから。食材はいろいろ使える」

「そっか、そういうことも考えないといけないんですね」

「体調にかかわることだしな。まあ、もしそうだったとしても、できる範囲で美味《うま》いものをつくるつもりだけど」

どんな状況であろうとも、最大限に気を配り、食べる人においしいと思ってもらえるような料理をつくる。

彼らしい心構えに、胸の奥がじんわりとあたたかくなる。

「子どもなら甘めにしたほうがいいのか……？　桜でんぶとイクラを散らして見た目も華やかに……。そのうえでコストを落とすには……」

大樹はぶつぶつ言いながら、ふたたび自分の世界に入ってしまう。

そんな姿を微笑《ほほえ》ましく見つめていると、むずかしそうなフランス菓子の専門書を手にした蓮が、「これ買おう」とつぶやいた。

こちらに向き直った彼は、碧の手元を見ておやという顔をした。

「あれ、桜屋《うち》に行ったの？」

蓮の視線の先には、桜屋《さくらや》洋菓子店のロゴが入った、淡いピンク色の小さな紙袋。

碧は袋を少し持ち上げ、そうですよと答える。

「フィナンシェとマドレーヌのセットです」

「ラッピングされたやつか。お土産《みやげ》用だけど、どこかに持ってくの？」

「大学の友だちが、新居に引っ越したんですよ。これから遊びに行くんです」

「ふーん。……『これから』？」

繰り返した蓮は、「なるほど」と意味ありげに笑った。碧が小首をかしげると、彼は料理本とにらめっこをする大樹を見ながら言う。

「俺たちはもうちょっとしたら自由《じゆう》が丘《おか》まで行くんだけど」

ここから自由が丘までは、けっこう遠い。電車で四、五十分はかかる。

でも今日は定休日なので、大樹は好きに動けるのだ。営業日にはできない仕事をしていることも多いようだが、久しぶりに遊びに出かけるのだろうか。

「新しい和風カフェができたんだって」

「和風！　いいですね」

「なんでも抹茶《まっちゃ》のデザートと、かき氷が絶品らしくて。例の雑誌で紹介されて、大樹が行きたがってるんだよ」

「雪村さんが？」

大樹が愛読している情報誌は地元のネタがほとんどだが、都内の人気店や話題の店を紹介するコラムも載っているのだ。

「人気の店を偵察して、デザートメニューに取り入れるつもりかも。『ゆきうさぎ』って最近は女性客も増えてきてるみたいだし」

「そうですね。少しずつですけど」

蓮はわずかに腰をかがめると、内緒話をするかのように声をひそめた。

「で、最初はタマちゃんを誘おうとしたけど、だめだったって言ってたよ」

「え!?」

目を丸くした碧は、そんなことがあっただろうかと記憶をたぐる。

(言われてみれば……)

何日か前、次の定休日は暇なのかと訊《き》かれたような。

あのときはすでに玲沙《れいさ》たちと約束していたので、そのように答えたのだけれど。大樹もさらりと「そうか」と言って、すぐに次の話題に移っていった。

(もし予定が空いてたら、誘ってくれてたのかな)

一緒に行けないのは残念だったが、先約があったのだからしかたがない。

「それで蓮さんが誘われたんですか?」

「いや。声かけたのは星花《せいか》だったんだけど、学校があるからって断られてた」

それを見ていた蓮が、「じゃあ俺が」と名乗りを上げたのだという。

「今日は俺も休みだから。新しい店のデザートも気になるし。まあ、女性向けのカフェに男ふたりってどうなんだとは思わなくもないけど」

「蓮、余計なこと言うな」

ふいに、横から大樹の声が飛んできた。

本に集中しているかと思いきや、会話はしっかり耳に入っていたようだ。彼はこういうときでも、意外に人の話を聞いている。

「まだ話してないよ。タマちゃんと一緒に行けなくてしょんぼりしてたなんて」

「蓮……」

「あ、口がすべった」

大樹にじろりとねめつけられても、蓮は悪びれる様子がない。むしろ楽しそうだ。

(もしかして、雪村さんも残念だって思ってくれた……?)

自分に都合のいいことを考えていると、気がつけば、碧の口角も蓮と同じように上がっていた。

それを見た大樹が、猫でも追い払うかのような仕草で片手をふる。

「ほら、タマは約束があるんだろ。こんなところで油売ってないでさっさと行け」

「はーい」

あからさまに邪険にされても、ちっとも嫌な気はしない。表情を見れば、本気でやっているわけではないとわかるからだ。

「雪村さん、また機会があったら声かけてくださいね」

「次があったらな」

「ぜひお願いします。では！」

ぺこりとお辞儀をした碧は、ふわふわとした気持ちに包まれながら、大樹たちに見送られて書店を出た。


『もうすぐ引っ越すからさー、春休み中に遊びに来ない？』

玲沙からそんな連絡を受けたのは、いまから半月ほど前のことだった。

静岡出身の玲沙は、進学に合わせて上京し、これまでは大学の近くにある女子寮に住んでいた。親からの仕送りも受けてはいるが、本人はひとり暮らしがしたくて、せっせとバイトにはげんで資金を貯《た》めていたのだ。

話を聞いてから数日後、碧のスマホに無事に引っ越しを終えたというメッセージが届いた。ことみとも相談し、三人の都合がついたのが今日だった。

玲沙の新居は、東京駅から高尾《たかお》駅までを結ぶＪＲ中央線沿いにあった。碧が毎日のように使っている路線でもあるので、乗り換えることなく行ける。

（この駅で降りたの、はじめてだなー）

新鮮な気分で改札を出ると、すぐに声をかけられた。

「玉ちゃん、こっちこっち」

声のしたほうに顔を向ければ、券売機の横に立つことみが小さく手をふっている。

身に着けているのは、ベージュ色でショート丈のダッフルコートに、下はグレーの地に黒い花柄がプリントされたミニスカート。背が高めなので、黒いタイツを穿《は》いた足は長くてすらりとして見える。

小さな手提げバッグのほかに、どこかのショップのビニール袋を持っていることみは、笑顔でこちらに近づいてきた。

「ことみ、来るの早いね。遅刻したかと思っちゃった」

「迷ったときのこと考えて、早めに出たから。このあたりって来たことないしね。それにほら、わたし方向音痴《おんち》だし」

「ああ、世田谷《せたがや》からだと乗り換えも多いもんね。どれくらいかかった？」

「五十分くらい……かなぁ。途中で迷いかけたけど、駅員さんに訊いてなんとか」

そんなことを話しつつ、碧とことみは連れ立って駅を出る。

「──で、真野《まの》ちゃんのアパートはどっち？　こっち？」

「逆、逆！　左じゃなくて右だってば」

いきなり反対の方角に曲がろうとしたことみのコートをつかんで、正しい道へと方向転換させる。これでよくここまで来られたものだ。

「地図は送ってもらったから、ことみはついてきてね」

彼女にナビをまかせるわけにはいかなかったので、碧は玲沙に渡された地図を頼りに歩きはじめた。ことみは楽しそうにあたりを見回しながらついてくる。

住宅街を十分ほど歩くと、玲沙が住んでいる二階建てのアパートにたどり着いた。

大きな桜の木の近くにある建物は、女性の単身者向けだそうで、狭い間隔でドアがずらりと並んでいる。ライトグレーの建物はまだ新しく、小ぎれいな雰囲気だった。

「可愛いアパートだねえ」

ことみがおっとりと微笑んだ。玲沙の部屋は二階なので、外付けの階段を上がる。

ちょうどお昼時のせいか、通路を歩いていると香ばしい匂いがただよってきた。

大好物の香りを嗅《か》ぎとって、碧はぱっと顔を輝かせる。

「カレーだね！　ご飯も炒《いた》めているような……。炒飯《チャーハン》かピラフかな？」

「さすが玉ちゃん、食いしん坊！　鼻がきくね」

「雪村さんにも前に同じこと言われたよ……」

そう言いながら、碧は部屋の呼び鈴を押す。

すぐにドアが開き、エプロン姿の玲沙が顔をのぞかせた。普段は下ろしている髪をヘアクリップで無造作にまとめ、右手にはおたまを持っている。

「いらっしゃい。いまお昼ご飯つくってるからさ、適当に上がって」

言いながらドアを大きく開け放つと、彼女はさっさと奥へ引っこんでしまう。

部屋の中には、さきほど通路で嗅いだカレーの匂いが充満していた。つくっていたのは玲沙だったのだ。

「それじゃ、上がろっか」

「お邪魔しまーす」

碧とことみは靴を脱ぎ、フローリングの床に足をつけた。

玲沙の新居は、よくある縦長のワンルームだ。一度だけ遊びに行ったことのある菜穂《なほ》の部屋と、広さはだいたい同じくらいだろう。

シンプルなパイプベッドの上には生成《きな》りの布団。スチール脚《あし》の机と、同じくスチール製の本棚には、大学のテキストはもちろん、渋い歴史小説の数々や、愛読中の青年漫画のコミックスがぎっしり詰めこまれている。

部屋の隅にひとつだけ置かれた段ボール箱は、まだ片づけていない荷物だろう。

アイボリーのラグマットの上には鏡面仕上げの白い丸テーブルが置かれ、小さな観葉植物が飾られていた。玲沙らしいベーシックなインテリアは女子寮時代と同じだが、ひとつ決定的に足りないものがある。

「おかしいな……。『あれ』がない」

「真野ちゃんが愛してやまないあの子たちが……」

碧とことみが顔を見合わせると、料理を終えた玲沙が、「なに突っ立ってんの」と言いながら近づいてきた。両手に持っている白いお皿の上で、目玉焼きがのったできたてのカレーピラフが湯気を立てている。

「碧、カレー好きでしょ？　ことみは卵」

口の端を上げた玲沙が、ピラフの皿をテーブルの上に置く。いったん台所に戻ると、今度はもうひとりぶんのピラフに、トマトサラダを盛りつけたガラス皿、そして白い飲み物が入ったグラスをのせたお盆を持ってきた。

「ねえ玲沙。これ何？　牛乳？」

「惜しい。ラッシーだよ」

「あ、聞いたことある。もしかして自分でつくったの？」

「簡単だよ。ヨーグルトと牛乳に、砂糖とレモン汁を入れてミキサーにかけるだけ。ヨーグルトはプレーンの無糖ね。甘くしたいなら蜂蜜《はちみつ》入れればいいし、細かく砕いた氷を混ぜてもおいしいよ」

「へえー……」

「一度試してみたらやみつきになっちゃって。カレーに合うんだよねえ。ピラフ少し辛めだけど、黄身と混ぜるとちょうどよくなるよ」

お昼は私がつくるからと言われたので、何も食べずに来たのだ。碧とことみはラグマットの上に座ると、「いただきます！」と声をそろえてスプーンをとった。

「カレー、好きなんだけど匂いがすごいから、ここじゃあんまりつくれなくて」

玲沙が残念そうに話す。

「ワンルームだしね。でもときどき、無性に食べたくなるんだよ。実家のカレー、ピーナッツバターが入っててさ。チキンカレーに入れると最高」

「うちはジャムを入れてるなー。いちごジャムとか意外に合うよ。林檎《りんご》とかブルーベリーでもおいしいみたい。入れすぎると甘くなっちゃうから、隠し味程度に」

「家によって味がぜんぜん違うよね」

碧たちの話を聞いていたことみは、「うちはなんだろ？　聞いたことない」と言った。彼女の家では住みこみの家政婦さんを雇っていて、その人が食事をつくっている。

玲沙お手製のピラフの中には、小さく刻んだタマネギやニンジン、鶏肉《とり》のほかに、可愛らしいひよこ豆が入っていた。

半熟の目玉焼きを崩すと、とろりとした黄身があふれ出す。それを香辛料がきいたスパイシーなピラフにからめ、ぱくりと口に入れる瞬間は至福のひとときだ。

「うーん、おいしい！　もう一杯！　――――って言いたくなるね」

「真野ちゃんはお料理上手だねえ」

碧たちが褒めそやすと、玲沙はまんざらでもない顔で「これくらいたいしたことないって」と言う。聞けば、母親がパートに出ていて帰りが遅かったため、高校生のころから自主的に台所に立っていたそうだ。

「偉いね。わたしのところも共働きだったけど、何もしてなかったよ……」

碧が料理をはじめたのは、母が亡くなってからだ。食事はなんでも母がつくってくれたので、それに甘えていた。

（でも玲沙はちゃんと料理してたんだ。すごいなあ）

玲沙はスプーンでピラフをすくいながら口を開く。

「うち、育ち盛りの弟がふたりいるからさ。腹減ったーってうるさかったのよ」

「男の子かー。たくさん食べそう」

「食べる食べる。どっちも中学生でガタイがいいもんだから、ふたりなのに五人分くらいつくらなきゃいけないときもあってね」

おしゃべりに花を咲かせながらピラフを平らげると、三人で手分けをして洗いものをすませた。それが終わると、玲沙がストックしている緑茶（食後はこれを飲まないと落ち着かないという）を淹《い》れ、碧が持ってきたお菓子を広げてひと息つく。

「そうだ、真野ちゃん」

ことみは自分のバッグの横に置いていた、赤いビニール袋に手を伸ばした。

「これ、引っ越しのお祝い」

「えー？　そんな気つかわなくてもよかったのに」

「ちょっと前、お気に入りのマグカップが欠けちゃったって言ってたでしょ。眞野ちゃんが好きそうな可愛いもの見つけたから買ってきたんだけど」

「ありがと。新しいの欲しかったんだ」

受けとった玲沙は、うきうきとした表情で袋の口を開ける。

カラフルにラッピングされた、立方体の箱の中に入っていたのは――

「こ、これは……っ」

玲沙が明らかな動揺を見せる。

マグカップには、ここ数年若い女の子たちに人気がある、猫をモチーフにしたゆるいキャラクターのイラストがプリントされていた。玲沙も好きだと言っていて、ぬいぐるみや小物を持っていたはずなのだけれど。

「もしかして、マイブーム終わっちゃった？　あの子たちも見当たらないし……」

ことみが室内を見回すと、玲沙は「う」と気まずそうな声をあげる。

「だ、だって。私、来月二十歳《はたち》になるんだよ？　なのにキャラ物が好きでコソコソ集めてるなんて子どもっぽくない？」

「好きなら別にいいんじゃないの」

碧の言葉に、ことみも「そうだよね」と同意する。

「真野ちゃんが卒業するって決めたならしかたないけど……。マグカップはいらなかったかなあ。ほかのグッズも捨てちゃった？」

「そんなことするわけないでしょ！　かわいそう！」

マグカップをぎゅっと抱きしめた玲沙が、目の色を変えて言った。その反応で、ああまだ好きなのだなとわかる。

「グッズはそこの段ボール箱の中に入ってるよ。開けたら決意が鈍りそうで」

「あ、あれそうだったんだ。持ってるなら出してあげなよー。あんな狭いところに押しこめてたら、それこそかわいそうだよ」

「うう……」

「ずっとあのままにしてたら、真野ちゃんに冷たくされたあの子たちの怨念《おんねん》が……」

「ちょっとー！　ヘンなこと言わないでよ」

玲沙はあわてて箱を開けると、慎重な動作で中身を取り出しはじめた。

（こういうところは可愛いなー……）

微笑ましい姿に、碧とことみは顔を見合わせて笑いを嚙《か》み殺す。

「ひとり暮らしなんだから、好きなもの飾ればいいじゃない。誰に怒られるわけでもないんだし。彼氏とかが遊びに来たら、堂々と紹介するくらいの勢いで」

「そんなのいないって、わかってて言ってるでしょ」

玲沙はことみを軽くにらみつけると、マグカップをまじまじと見つめた。

「ああでもやっぱりいい。このとぼけた顔が最高」

「じゃ、カップ使ってくれる？」

うなずいた玲沙は、「ま、もうしばらくは全力で可愛がるか」と言って、出したばかりのぬいぐるみの頭を撫《な》でた。

「でも、ひとり暮らしって気楽でよさそうだね」

フィナンシェを食べ終えたことみが、満足そうな表情で言う。

「親の干渉もないし、誰かに気をつかう必要もないわけだし」

「その代わり、なんでも自分でやらないといけないけどね。料理はもちろんだし、掃除や洗濯も。生活費のことだって考えないと」

「そうだよね。でも、うーん……。大変そうだけど、やってみたいなあ」

ひとりごとのような、ことみのつぶやきが聞こえてくる。

彼女は資産家の家に生まれ、これまで何不自由なく暮らしてきたお嬢さまだ。しかしときどき碧や玲沙のことをうらやましがって、自分もやってみたいと言うことがある。いまのところ、それが実現したことはないのだが。

だから今回も、そこで終わるのだろうと思っていたのだけれど——

——ひとり暮らしをしてみたい。

そう口にするなり、向かいに座っていた母は「え？」と目を丸くした。

玲沙のアパートに遊びに行ってから、一週間ほどたったある日。沢渡《さわたり》家の広いリビングで夕食後の紅茶を飲んでいたとき、ことみは思いきって切り出してみた。

「ひとり暮らしって、どうして？　大学は通える距離でしょう？」

「そうだけど、わたしも今年で二十歳になるし。そろそろ家を出て自立してもいいんじゃないかなって思って」

「それなら大学を出てからでもいいわよ。ことみはまだ学生なのに、いまから進んで苦労することないわ。卒業するまではうちにいなさい」

この家で快適に過ごしているのに、わざわざ外に出たがる意味がわからない。

母の顔には、はっきりとそう書いてある。

（お母さんは根っからのお嬢さまだからなぁ……）

母は地主の娘で、親族で病院を経営している父のもとに若くして嫁《とつ》いできた。

裕福な家で育てられ、結婚後も働く必要がなかったため、社会に出たことがない。それを当然だと思っている人だ。実家のおかげで苦労をせず、贅沢《ぜいたく》に育ったのは自分も同じなのだけれど。

歳《とし》を重ねても若々しく、家の中でも常に美しく装っている母。家政婦さんがなんでもやってくれるので、家事もほとんどしない。子どものころはそんな母が自慢だったが、その優雅な生活は、父が得ている収入あってのものだと気づいたのはいつだったか。

お金と愛情をたっぷりかけて育ててくれた、優しくておっとりした母が嫌いなわけでは決してない。でも……。

母は上品な仕草で、カップをソーサーの上に置いた。

「それに、こういったことはまず、お父さんに相談しないとね。私ひとりで決められることじゃないもの」

(出た……)

ことみの眉間《みけん》にわずかなしわが寄る。

母にとっての父は絶対だ。父がだめだと言えば、母がこちらの味方になってくれることはあり得ない。そして、肝心《かんじん》の父が許してくれる可能性は限りなく低かった。いま現在、父と自分の関係がとても微妙だからである。

ことみは幼稚園から高校まで、母も通ったという私立の名門女子校で過ごした。

しかしあるとき、何から何まで両親の言いなりになっている自分に疑問を抱き、猛烈に外に出たくなったのだ。ちょうど高三だったので、付属の女子大ではなく、あえて別の大学を受験した。

教育学部を選んだのは、高校で尊敬できる女性教師と出会い、同じ道に進みたいと思ったからだ。別の大学に進学すれば、これまでとは違ったタイプの友人ができるかもしれないという期待もあった。

他大学への進学については、もちろん両親から反対された。生まれてはじめて反抗したことみは、話し合いの末なんとか希望を押し通したが、それ以降、父とはぎくしゃくした関係になってしまっている。

そんな父が、ひとり暮らしの許可まで出すとは思えないが――

うつむいたとき、リビングのドアが開いた。

「あら、お帰りなさい」

母がソファから立ち上がる。帰ってきた父の鞄を受けとって、食事はとりますか（家政婦さんが用意したものだけれど）、お風呂も沸いていますよ（こちらも同じく）と世話を焼く母を見つめながら、ことみは無言で紅茶を飲み干した。

「――なんだって？」

それから一時間後。

夕食とお風呂をすませ、書斎で何かの書類に目を通している父に話をしてみると、ふり返った父は予想通り顔をしかめていた。

医者である父は忙しい人で、家に帰ってもこうして仕事をしていることが多い。

普段は邪魔をしないように話しかけたりはしないのだが、今回は別だ。ことみはめげずに言い募る。

「もう子どもじゃないんだし、いいでしょ？　ちゃんと生活するって約束します」

しかし父の表情は渋いままだった。簡単には許してくれそうにない。

「必要ないだろう。地方から上京するわけでもなし。それに、ひとり暮らしなんかしたら勉強がおろそかになるだけだ」

「友だちはきちんとしてるよ！　バイトと勉強、ちゃんと両立させてるし。わたしだっていまの成績を落とさずに……」

「その子は元からしっかりしているんだろう。おまえとは違う」

「……っ」

厳しい言葉に、ことみはたまらず唇を噛んだ。

そんな娘を目にしても、父は表情ひとつ変えることがない。

「第一、資金はどうする？　もし出て行くつもりでも、援助する気はないからな」

「それならバイトして稼げば」

「おまえにできるとは思えないな。それこそ生活するのに精一杯で、ほかのことに手が回らなくなる。いつも口先ばかりで話にならん」

(なにそれ！)

思わずかっとなったが、父は「話は終わりだ」と言って背を向けてしまった。

これ以上は本当に仕事の邪魔になる。反論したいのは山々だったが、ことみは必死で心を落ち着かせながら自室に戻った。

クッションを抱えてベッドに寝転がると、さきほどの父との会話がよみがえった。じわじわと胸の奥にしみこんでくる。

『おまえにできるとは思えないな』

(たしかにバイトなんかしたことないけど)

だからといって、やる前からあんなことを言わなくてもいいではないか。

前に聞いた話によれば、碧と玲沙もバイトをはじめたばかりのころは、戸惑ってなかなかうまく行かなかったそうだ。

それでも一年近く続けられているのだから、自分だってやればできると思う。

『いつも口先ばかりで話にならん』

耳の奥で、ふたたび父の言葉が聞こえてくる。

バイトをしてみたい。そうでなければサークルにでも入ってみようかな。ひとり暮らしもいいかもしれない……。

本気で考えているわけではなく、だいたい軽い気持ちで言っていて、それらを実現させたことはまだない。これでは父の言う通り、口先ばかりではないか。

(でも！　大学は自分で選んだんだから！)

勢いをつけて起き上がったことみは、クッションを抱える腕に力をこめた。

教職をめざして大学を決めたときは、両親の思惑に従わずに自分の意志を貫いたのだ。

そのときはできたのだから、今回も――

自分だって本気を出せば、やろうと思えばできるのだと、父を見返してやりたい。

ことみはバイト情報を確認すべく、さっそくスマホを操作しはじめた。


『――と、いうわけなのよ』

碧のスマホの電話口で、玲沙が話を終える。

彼女から着信があったのは、碧が父の夕食をつくり終えたときだった。

電話に出ると、玲沙は『実はことみがいま、うちにいてさ』と話をはじめたのだ。なんでも昨夜、ひとり暮らしの件で父親と揉《も》めたらしく、少し前に大きな荷物を持って玲沙の部屋にやってきたのだという。

すわ家出かと思ったが、いちおう行き先は母親に告げてきたらしい。

本人曰《いわ》く、しばらく家族と離れていろいろ考えたいとのことで、何日か泊まらせてほしいと玲沙を頼ってきたそうだ。

「それで、当のことみはどうしてるの？」

『爆睡してる。ゆうべはあんまり寝れなかったみたい』

「そっか……」

『なんか本気でバイト探してるみたいでさ。さっきまでサイトとか情報誌見てたんだけどね。ま、春休み中だし、頭が冷えて落ち着くまでは居候《いそうろう》させてもいいかなって』

「何かあったら教えてね。――――あ、そろそろ行かないと」

『バイト？　がんばってねー』

通話を終えた碧は、急いで支度をして家を出た。

金曜の夜は混むので、大樹と碧、そして菜穂の三人が店に出ている。

「ミケさんは、大学に通うためにいまのアパートに引っ越したんですよね」

出勤した碧は、店の奥にある小部屋で準備をしながら話しかけた。

畳の上に正座して、家でつくってきたという小腹対策用のおにぎりを頰張《ほおば》っていた菜穂は、「そうですよ」と答える。

「さすがに実家からは通えませんからね。飛行機通学になっちゃう」

彼女の実家は八丈島《はちじょうじま》にある。たしかに無理だ。

「それまでも何回かは、こっちに来たことはあったんですよ」

「旅行とか?」

「いろいろですよ。旅行だったり、親戚の法事だったり。高校時代はお金を貯めて、学校の友だちと原宿《はらじゅく》や渋谷《しぶや》に買い物に行ったりもしたなあ。見るところが多すぎて、一日二日じゃぜんぜん足りなかったけど」

「へえ……」

「それで、いっそのこと住んでみようかと。正直に言えば、ほんとはもっと都心に近いところがよかったんですけどね。でもその、家賃との兼ね合いが……」

菜穂が苦笑いすると、碧もまた「ああ」とうなずく。

「あんまり詳しくないけど、高そうですよね」

「ええ。親の援助はできるだけ受けたくなかったのもあって、最終的にはここに。ちょっと時間はかかるけど、通えない距離じゃなかったので。でもいまは気に入ってますよ」

思っていたより住みやすいし、「ゆきうさぎ」もあるし。

そう続けた菜穂は、おにぎりを食べ終わると、自分の荷物を引き寄せた。バッグの中から、個別包装になっている手のひらサイズの焼菓子をふたつ取り出す。

「タマさんも食べます？」

「いいんですか？　――あれ」

受けとった抹茶パイのパッケージの裏に記されている店名には、見覚えがある。

「このまえ雪村さんが行ったお店ですね」

「ええ。蓮さんも一緒だったとか。まわりが女の人だらけで、変な注目を浴びたって言ってましたけど、まあ見ますよね。大樹さんとふたりで並べば」

そのカフェでは、オリジナルのお菓子も販売していたそうだ。大樹は「お土産」と言って、休憩時のおやつに白餡《しろあん》入りの最中を一箱、買ってきてくれた。

「これは昨日、蓮さんがくれたんです」

パッケージを破いた菜穂は、中に入っていた細長いパイを碧に見せる。

「タマさんはお休みだったから、会ってないですよね。ゆうべお店に来てましたよ。それで、手出してって言われて出したらこれが」

「お土産、蓮さんも買ってたんですね」

「気になったものを研究用に買ったはいいけど、食べきれなかったみたいで。だから遠慮なくいただきました」

抹茶の風味豊かでほんのり甘く、サクサクした食感のパイを食べ終えると、碧と菜穂はなおも話しながら店に出た。

「そのお店、かき氷がおいしかったみたいですね。雪村さんが気に入ってました」

「かき氷……。さ、寒そう……」

菜穂が小さく震えた。たしかに夏ならともかく、まだ春先ではある。

「中は暖房効いてますから大丈夫ですって。雪村さんが言うには、氷がふわっとしてて口当たりもやわらかくて、食べても頭がキーンとしないらしいです」

「そうですか。ああでも氷と聞いただけで寒気が」

「筋金入りの寒がりですねぇ……」

菜穂と分担して、テーブルを拭いたり床を磨いたりしていると、外に出ていた大樹が戻ってきた。

携帯灰皿を持っているので、一服でもしてきたのだろう。もっと味覚を研ぎ澄ませるためにも卒煙したいと言ってはいるが、なかなかむずかしいようだ。

「そういえば、雪村さんも高校を出るまでは実家住まいでしたよね」

「ん?」

足を止めた大樹は、「なんの話だ?」と首をかしげる。

「もし大学が近かったら、いまでも実家にいたと思います?」

「それはないな。家業を継がないって決めた時点で出ていたと思う。そっちは弟が継ぐことになったからよかったけど」

「弟さん……。ここに来たことありましたっけ?　見たことがないような」

「タマがいなかったときに、何回か来てるぞ。家業の関係で、そんなに地元から離れられないんだよ。俺が実家に行って会う回数のほうが多いな」

肩をすくめた大樹は、じっと碧を見下ろした。

「いきなりどうしたんだよ。もしかしてタマ、家を出たいのか?」

「え?　あ、わたしじゃないんです。友だちの話で」

(わたしが出て行ったら、お父さんひとりになっちゃうし……)

いまは、自分が家を出るなんて考えられない。

母も碧もいなくなったあの家で、父がひとりで暮らす姿を想像すると、それはやっぱりさびしいなと思うからだ。

父はいちおう洗濯もできるし、掃除だってやろうと思えばできる。仕事は忙しいけれどやりがいがあるようだ。ひとりになっても案外、彰三のように飲み仲間たちと笑い合いながら、楽しく過ごしていくのかもしれない。

けれどそんな彰三も、娘が気にかけてくれたときは本当に嬉《うれ》しそうだった。

もちろん今後、就職などで碧が家を出ざるを得ない状況になることもあるだろう。

そのときはそのときだが、せめて大学を卒業するまでは、同じ家で父と暮らしていきたいと考えている。

だから碧には、少し共感しづらいのだ。玲沙や大樹、菜穂のような状況にあるわけでもないのに、家族と離れてひとり暮らしをしたがることとみの気持ちに。

――ことみにはことみの事情があるんだろうけど……。

乱れた椅子《いす》を直しながら、碧は小さくため息をついた。

「ことみ、いいバイトは見つかった？」

玲沙の部屋に身を寄せて、三日目の夜。

向かい合って夕食をとりながら、ことみは「うーん」と曖昧《あいまい》な返事をした。

「いざ探そうとしても、ぴんとくるものがないなぁと思って」

「何のんきなこと言ってんの。お金貯めて、はやく自立したいんでしょ？　なら選り好みなんかしてないでとっとと決めちゃいなよ」

玲沙は早口で言いながら、自分がつくったおかずに箸《はし》をつける。

テーブルの上には、茹《ゆ》でたタコをぶつ切りにしたものとマッシュルームに、レモン汁と塩コショウをふってオリーブオイルで炒めた料理の皿。玲沙のおすすめ通り、食べるときにも生のレモンを搾《しぼ》ってかけるととてもおいしい。

バイトで疲れていても、玲沙は毎日きちんと料理をしているのだから偉いと思う。

「応募したって受かるかどうかわかんないし、落ちたら次に行かなきゃいけないんだからね。ぐだぐだ悩んでる場合じゃないでしょ」

「それはわかってるけど」

うつむいたことみは、マッシュルームを口に運んだ。

ほのかなニンニクの隠し味がきいていて、こんなときでも食が進む。

(自活って、どれくらい貯めたらできるのかな)

これまでもらったお小遣いの残りは貯金してあるけれど、親の助けもなく、自分だけで暮らしていくには到底足りない。

お金が貯まっても、部屋を探すには不動産屋に行っていろいろ見て回らないといけないし、契約したら諸々の手続きがある。引っ越しひとつするにも大変だと、経験者の玲沙は言っていた。

それらのすべてを、果たして自分がこなせるだろうか。

「……真野ちゃんはいいね」

「は？」

思わず漏《も》れた言葉に、玲沙が箸を持つ手を止めた。怪訝《けげん》そうな顔になる。

「話聞いてるとバイトも楽しそうだし、ひとり暮らしもすごく快適に見えるよ。好きなことがなんでもできてるって感じ」

「………」

「うらやましいなー」

悪気なんてどこにもなかった。ただ、感じたことをそのまま口にしただけ。

しかし、静かに箸を置いた玲沙の表情は、明らかに不機嫌だった。彼女は大きなため息をついてから、軽く眼鏡を押し上げる。

「――あのね、ことみ。私、あんたが思ってるほどお気楽でも、自由気ままに生きてるわけでもないんだけど？」

「え……」

きょとんとすることとみに、玲沙は鋭いまなざしを向けてくる。

「バイトだっていつも楽しいわけじゃなくて、辞めたいって思うこともよくあるし。名指しでクレームなんかもらった日にはやっぱり凹《へこ》むよ。けど、嫌なことがあったからって無責任に辞めるわけにもいかないでしょ？」

「それは……」

「ことみや碧の前じゃ愚痴《ぐち》りたくないから、黙ってるだけ。遊びじゃないいんだから、いいことばっかあるわけないじゃん。ひとり暮らしだって、ことみが思ってるほど快適なもんでもないよ。めんどくさいことは山ほどあるんだから」

「――」

「苦労したことないお嬢さまには、わかんないかもしれないけど！」

投げつけられた最後の言葉は、痛かった。

ぎゅっとこぶしを握りしめたことみを見て我に返ったのか、玲沙ははっとした表情になった。気まずそうに視線をそらす。

「……ごめん。言いすぎた」

しばらくして、玲沙はぽつりとつぶやいた。

そのあとは会話もなく、ふたりは黙々と夕食を平らげる。交代でシャワーを浴びてから照明を消すと、それぞれの布団にもぐりこんだ。

客用の敷布団の上に横になったことみは、すぐ近くにあるベッドをそっとのぞき見た。

玲沙はこちらに背を向けて、ことみを拒絶するかのような姿勢で眠っている。

(どうしよう……)

玲沙があのような形で感情をぶつけてきたのは、はじめてだった。ショックと戸惑いでどうすればいいのかわからない。

結局その夜、ことみはほとんど眠ることができなかった。


「真野ちゃんを怒らせるつもりなんかなかったの。でも……」

翌日、「ゆきうさぎ」の小部屋の畳に正座したことみは、話を終えるとうなだれた。

彼女から連絡があったのは、朝の九時半過ぎのこと。碧の家の最寄り駅にいるから会えないかと言われたが、そのときはバイトに行くため支度をしている最中だった。

バイトが終わるまでどこかで待っていてもらおうかと思ったのだが、ことみの声がやけに沈んでいたのが気になった。

なんとなく放っておけない感じだったので、碧が急いで駅に向かうと、改札の近くでぽつんと立っていたことみを見つけたのだ。

彼女と一緒に「ゆきうさぎ」に行った碧は、大樹の許可を得て、ことみにはバイトが終わるまで小部屋で待っていてもらうことにした。そしてランチタイムの仕事を終えて部屋に戻ると、ことみは昨夜のできごとを話しはじめた。

無神経なことを言って、玲沙の気分を害してしまった。どうしよう、と。

「それで、玲沙とはそのあと話したの?」

「うん……。起きたときにあやまったよ。真野ちゃんは『私も言い過ぎた』って言ってたんだけど。でも、悪いのはどう考えてもわたしだよ」

結局、気まずい空気はそのままで、玲沙はバイトに出かけていったそうだ。

残されたことみも、あるじのいない部屋に居座るのは気が引けて、相談相手を求めて碧を頼ってきたのだった。

「真野ちゃんはイラッとしたんだよね。わたしがグダグダしていて能天気だから」

「……」

「ああもう、こういう場合はどうすればいいんだろう。わたし、これまで友だらと険悪になったことってほとんどなかったから……」

ことみは頭を抱えて、座卓に突っ伏してしまう。

――友だちと険悪になったことってほとんどなかったから。

碧にとって、その言葉はちょっとした驚きだった。

(わたしはそういうこと、わりとあったけど……)

派手なケンカをしたことは少ないが、意見の行き違いで気まずくなったり、相手を思いやらなかったせいで傷つけてしまったり。そのたびに解決策をさぐって、お互いに歩み寄りながら仲直りしてきた。

大学に入るまでのことみに、友人がいなかったわけではないと思う。

いつだったか、雑談の中で話していた。高校までは、似たような性格の子とばかり仲良くしていたと。

小さなころからエスカレーター式の女子校で、まわりの同級生たちとは同じ環境で育った。だから価値観も近かったのだろう。ケンカもなくおだやかだったとしても、本音でぶつかり合える関係にはなれなかったのかもしれない。

(わたしと玲沙は、これまでの友だちとはぜんぜんタイプが違うんだろうな)

だから対処の仕方がわからなくて、困っているのだろう。

しばらく考えてから、碧は突っ伏したまま動かないことみに声をかけた。のろのろと顔を上げた彼女と目を合わせる。

「もう一度、ちゃんと玲沙に自分の気持ちを話してみたら？　気まずいからって逃げちゃだめだよ。余計に顔、合わせづらくなるから」

「でも……」

「今朝はあやまっただけなんでしょ？　今度はもっと丁寧に、悪気はなかったって伝えてみたらどうかな。自分が悪いって思ってるならなおさら」

「………」

「それで今回は、家に戻ったほうがいいと思う」

戸惑うことみに、碧はさらに続けた。

「バイトなら家でも探せるわけだし。本気だってわかってもらいたいなら、時間かけてもちゃんと仕事見つけて、玲沙に堂々と報告しなよ。あんまり焦りすぎると、今回みたいに失敗しちゃうしね」

――うまく伝わったかな……。

沈黙が流れる中、碧は緊張しながらことみの反応を待つ。

むずかしい表情で考えこんでいた彼女は、やがて「そうだね」と言った。

「うん。玉ちゃんの言う通り、真野ちゃんともう一度話してみる」

「大丈夫だよ。玲沙だって、それでことみを嫌いになったりなんかしないから」

うなずいたことみは、ようやくかすかな笑みを浮かべる。

力になれたのならよかった。碧がほっと胸を撫で下ろしたとき、出入り口の戸がノックされた。返事をすると、開いた戸の向こうから大樹が顔をのぞかせる。

「話はまとまったのか？」

「はい。すみません、部屋貸してもらって」

「それはかまわないんだけど……。別件でちょっと頼みが」

大樹は申しわけなさそうな表情で、可能なら夜のシフトにも入れないかと訊いてきた。

「ミケさんが急用で来られなくなったんだよ」

「ああ、いいですよー。夜もバッチリ空いてるので」

「悪いな。休憩は長めにとっていいから」

(今日は金曜じゃないし、そんなに混まないよね)

父はたしか、今夜は帰りが遅いから夕飯はいらないと言っていた。家に帰って少し休んだあと、またここに――

そこまで考えたとき、碧の脳裏《のうり》にひとつのアイデアがひらめいた。

「――雪村さん！」

「うん？」

踵《きびす》を返しかけた大樹の服の袖《そで》をつかむと、ふり向いた彼はどうしたと碧を見下ろす。

「ちょっとお願いしたいことがあるんですけど……」


数時間後――

夜の営業がはじまった「ゆきうさぎ」の店内には、碧から借りたエプロンを身に着けて緊張することみの姿があった。

長い髪はひとつにまとめ、下はひらひらしたフレアスカートだったので、少し長めで動きやすいスカートを碧が貸した。碧よりも背が高いため、ちょうどいい丈になる。ウエストのサイズはほぼ同じなので、問題はなさそうだ。

ヒールのある靴は仕事には不向きだったが、あいにく足は碧のほうが小さかったため貸すことができなかった。それほど高い踵《かかと》でもないし、疲れやすいだろうがそのままで頑張ってもらうことにする。

「ことみ、リラックスして。お客さんが入ってきたら、笑顔で挨拶《あいさつ》してね」

「無理だよー……。どうしても顔が引きつっちゃう」

碧の隣で、ことみは頼りなさそうな表情でうろたえている。

「慣れよう！　教育実習に行ったら、何十人もいる前で教えないといけないんだから」

「う……二年後だね。たしかに慣れておかないと」

ことみは何度も深呼吸をして、落ち着きを取り戻そうとする。

『もしできるなら、今日だけことみと一緒に働かせてもらえませんか？』

そう申し出たとき、大樹はもちろん、ことみも目を丸くした。

――働いたことがないのなら、いま、ここで少しでも経験してみればいいのだ。

突発的な思いつきだったが、悪いことではない気がする。むろん、大樹が許してくれたらの話だったけれど。

大樹に事情を話すと、「本人が望むなら」と許可してくれた。当のことみは戸惑っていたが、最終的にはうなずいた。

そうこうしているうちに開店時刻となり、碧とことみはふたりで店の中にいる。

十八時を十分ほど過ぎたころ、最初のお客が格子《こうし》戸を引いた。四十代前半くらいの、中肉中背でグレーの背広姿の男性は、常連の花嶋だった。

「い、いらっしゃい、ませ！」

ぎこちない挨拶に面食らった彼は、不思議そうな顔で碧を見た。

「……………ど、どうも」

「碧ちゃん、新人さん入ったの？」

「えーと……ちょっと違うんです。今日だけ職場体験、みたいな感じといいますか」

職場体験？　と繰り返した花嶋は、ふたたびことみに視線を移す。

「中学生にしちゃ、やけに大人びているような……？」

「えっ⁉」

碧とことみの声がきれいに重なった。

その様子を見ていた大樹が、カウンターの向こうから口を挟む。

「花嶋さん。その子は中学生じゃなくて、タマと同い年ですよ」

「へ？　………だよなあ！　職場体験っていうと中学生のイメージだったから。授業でやるみたいだしさ」

花嶋は、「カン違いカン違い」と照れくさそうに笑った。そしていつものように、カウンター席に近づいていく。

椅子を引き、腰を下ろそうとした花嶋が、ふいに「そうだ」と声をあげた。

「大ちゃん。この間はちらし寿司、どうもありがとう。助かったよ」

「娘さん、食べてくれました？」

「そりゃーもう！　おいしいおいしいって、モリモリ食べてたよ。普段はそんなにたくさん食べる子じゃないんだけどね。下の子だけじゃなくて、上の娘とうちの奥さんも気に入ってたなあ。もちろん俺もね」

「そうですか。気に入ってもらえたならよかった」

大樹が安堵《あんど》したように微笑んだ。家族でよろこんでくれたと知って、会話を聞いていた碧も嬉しくなってくる。

「あのちらし寿司、なんかケーキみたいだっただろう。それも好評だった」

「あれはタマのアドバイスなんですよ。女の子なら、見た目も可愛いほうがいいんじゃないかって」

「碧ちゃん？」

大樹と花嶋の視線を受けて、碧は「思ったこと言ってみただけですよ」と笑った。

「ネットで調べてたら、そういう画像が見つかったんです。酢飯をスポンジに見立てて、具材をそれっぽくデコレーションして」

画像を大樹に見せると、彼はおもしろそうだなと言って取り入れてくれた。

ケーキ用のセルクル型は、碧の自宅に母が使っていたものがあったので持ってきた。

大樹は型に入れて形を整えた酢飯に、錦糸卵《きんしたまご》と桜でんぶ、宝石のようなイクラを丁寧に盛りつけ、中央にはスモークサーモンを巻いてつくった薔薇《ばら》を飾った。

『うわぁ……。きれいに仕上がりましたね。なんだか食べるのがもったいない感じ』

『ああ、見た目も華やかでいいな』

「俺、そういったことには疎《うと》いんで。タマに言われなかったら普通につくってましたよ」

大樹の言葉に、花嶋は「なるほどねえ」とうなずいた。

「たしかに大ちゃんの料理にしては可愛らしいなーって思ったんだ。碧ちゃんや菜穂ちゃんがいると、細かい気配りができるからいいね」

「ええ。こっちも助かってます」

「おかげで上の娘の俺に対する株も、少しだけど上がったんだ。オヤジいいもの持ってきたじゃん、みたいな?」

娘の口調をまねて、花嶋がおどけたように笑う。

その楽しげな様子に、碧と大樹はもちろん、ことみの口元もかすかにほころぶ。

(ちょっとは緊張が解けたみたい?)

「とりあえずビールにしよう。あといつもの鶏皮《とりかわ》も」

お茶を飲んでひと息ついた花嶋は、おつまみと一緒に注文してきた。

居酒屋で人気のメニューである鶏皮せんべいは、仕込みの時間に碧がつくっておいたものだ。切り分けた鶏皮をフライパンに並べ、油を敷かずに弱火でじっくり焼いてから、塩コショウで味をととのえる。皮が縮んで硬くなるまで時間はかかるが、安い材料費ですむ上に、表面がパリパリとした皮の歯ごたえがたまらない。

「玉ちゃん、ビールはこのまま入れればいいの？」

ふり向けば、両手でビール瓶を持ったことみが立っている。

「あ、ちょっと待って」

碧はことみから瓶を受けとると、大樹から習った方法で中味をグラスに注いでいった。

「花嶋さんじゃないけど、常連さんの中にすっごくビールにこだわる人がいるんだよ。はじめは下手な入れ方してたから、よく怒られたなぁ」

「うわ、怖いね」

「でもこっちはお店だし、完全にわたしが悪かったわけだから。いまはちゃんと認めてもらえてるよ」

ビールを注ぎ終えたとき、出入り口の戸が開いて次のお客がやってきた。

「ほら、ことみ」

軽く背中を押すと、ことみは小さくうなずいて前に出た。花嶋のときよりは自然な笑顔で「いらっしゃいませ」と言って、碧が教えた通りに席へと案内する。

来店したお客を出迎えて注文を受け、大樹に伝える。

できあがった料理を運び、空になった食器は早めに下げ、暇を見て洗う。

会計が終わったら、帰っていくお客を気持ちよくお見送りする――

動きはぎこちなかったが、時間がたつにつれて、ことみの表情からは少しずつ緊張がとれていった。勝手がわからず戸惑う場面は多々あったものの、碧と大樹がフォローして大きな失敗をすることはなかった。

昔の自分のようなことみの姿に、なんだか不思議な気分になる。

(わたしが働きだしたころ、雪村さんの目にはこんな感じに見えてたのかも)

そして二十三時となり、無事に閉店時刻を迎えた。片づけをして賄《まかな》いを食べてから、碧とことみは「ゆきうさぎ」を出る。

「ふたりとも、お疲れさん。気をつけて帰れよ」

「お疲れさまでしたー」

時間が遅いので、ことみは碧の家に泊まることになっている。

夜道を並んで歩いていると、ふいにことみが立ち止まった。右のふくらはぎを叩く。

「いたたた……。足がパンパン！　すっごくむくんでる」

「立ち仕事って慣れてないときついよね。お風呂に入ってマッサージすればだいぶよくなるよ」

「閉店間際はほんとに足が痛くて。最後のお客さんお見送りするとき、顔がひきつって大変だったなぁ。でも玉ちゃんはずっと笑顔だったよね」

「ああ、それはね」

ふたたび歩き出しながら、碧は続ける。

「雪村さんが前に言ってたんだけど、他人に対する印象って、別れ際がいちばん強く残るんだって」

「そうなの？」

「うん。だからお客さんが帰るときは、できるだけいい笑顔で見送ろうって決めてるの。常連さんはもちろんだけど、一見《いちげん》さんは特に大事かな。最後の印象が、また来てくれるかどうかの境目になるかもしれないから」

店の印象は、料理や内装は当然だが、従業員の態度にも大きく左右される。

不愉快な思いをさせてしまって、「ゆきうさぎ」のイメージを悪くしたくはない。だから大樹や菜穂ともども、接客態度にはじゅうぶん注意を払っている。

「すごいね。ちゃんとそういうことも考えてるんだ」

「わたしだけじゃなくて、接客業の人ならみんな意識してるんじゃないかなー。ほら、無愛想な店員さんに接客されてもいい気分にはなれないしね」

「下手したらクレーム対象だよねえ……」

うなずいたことみは、手にしていた自分のバッグに目を落とした。

「お給料、わたしがもらってもよかったのかな。ほとんど役に立たなかったのに」

「ちゃんと働いたんだから、あたりまえだよ。雪村さんもそう言ってたでしょ」

閉店後、大樹は時給で計算したバイト代をことみに渡した。数時間なのでそれほど多くはないけれど、彼女がはじめて自分で稼いだお金だ。

「なんか……お小遣いとはぜんぜん違うね。もらったときの気持ちが」

口の端を上げたことみは、はずんだ声でそう言った。

それはきっと、碧が最初にお給料をもらったときの感動と同じなのだろう。

「大変だったけど、やってみてよかった。玉ちゃん、ありがとね」

にっこり笑ったことみは、夜空を仰ぎながら続ける。

「真野ちゃんも、バイトが終わるとげっそりして帰ってくるんだよね……」

「いまはコンビニと家庭教師だっけ。かけもちだから大変そう」

「うん。けど、すごく疲れて帰ってきても、ひとり暮らしだからご飯をつくってくれる人はいないでしょ？　家事だってぜんぶ自分でやらないといけないし。たしかに真野ちゃんが言った通り、楽しいばかりじゃないんだなぁ」

ことみはふうっと息をついた。「よし！」と気合いを入れる。

「明日、真野ちゃんのところに行ってくる。もう一度あやまって話してみるよ」

「わかった。それで仲直りしたら、三人でお花見にでも行こうよ。もうすぐ桜も咲きはじめるだろうしね」

「あ、それいい！　そうしよう」

笑い合ったふたりは、お花見の計画を練りながら家路についた。


それから二週間ほどが過ぎた、四月二日。

満開の桜が咲く中、碧とことみは、朝から玲沙のアパートをおとずれていた。

三人で買い出した食材は、生もの以外はスーパーの袋に入ったまま、キッチンの隅に置いてあった。並んで料理ができるほど広くはないので、碧とことみは丸テーブルの上で作業をはじめることにする。

「ねえ玲沙、飯台なんてないよね？」

「ハンダイ……？　ああ、寿司桶《おけ》のことか。そんなもんあるわけないって」

「だよね。ボウルでいっか」

碧は棚の中に入っていた大きめのボウルを借りた。

炊きたての白米を入れて、酢と砂糖、塩を加えてつくった合わせ酢を回しかける。ボウルを持ってテーブルのほうに移ると、しゃもじでご飯を切るように混ぜ合わせた。

「あ、いい匂い」

向かいに座っていたことみが顔を上げる。彼女はスライスチーズやロースハム、輪切りにして茹でたニンジンといった具材をクッキー用の型でくり抜いていた。

「卵かな？」

「薄焼き卵ね。茶巾《ちゃきん》寿司とか錦糸卵に使うから」

コンロの前には玲沙が立ち、フライパンで薄焼き卵を焼いていた。手慣れた様子でさっと焼き、粗熱《あらねつ》をとっている間に二枚目をつくりはじめる。

――桜が咲いたらお花見に行こう。

ことみとそんな計画を練ってから、約半月。

ソメイヨシノが満開の今日、三人の都合がついたので実行することになった。場所は玲沙のアパートの近くにある公園だ。

お寿司が食べたいと言ったのは、ほかでもない碧だった。前に書店でちらりと見た飾り寿司が、ずっと気になっていたからだ。

『玉ちゃん聞いて！　真野ちゃんと仲直りできたよ』

あれから数日後、ことみは嬉しそうに報告してきた。後日、玲沙とも連絡をとると、そちらの声も明るかったのでほっとした。

『ことみに悪気がなかったのは、わかってたよ。でも、あのときは疲れてイライラしてたんだよね。だからついカッとなっちゃって』

玲沙はため息まじりに言っていた。彼女も後悔していたのだろう。

『そうそう、ことみから聞いたよ。あの子、碧のバイト先で働いたんだって？』

『一日だけだけどね』

『なんかいろいろ勉強になったって言ってたよ。今後のことも考えて、接客業のバイトを探すつもりだって話してた』

その言葉通り、ことみは三日前から自宅近所のカフェでバイトをはじめている。

同時に、お小遣いをもらうことはやめたという。家を出るのはもう少し待って、大学に通っている間に資金を貯め、就職が決まったら晴れて独り立ちする計画のようだ。

（何はともあれ、丸く収まってよかったな）

そんなことを思いながら、碧は混ぜ終えた酢飯をうちわで扇《あお》いだ。冷ますためというよりは、水分を飛ばして酢飯がべたつかないようにするためである。前から知っていたわけではなく、大樹から教わったのだけれど。

ボウルの上に濡《ぬ》れ布巾をかけ、しばらく置いていると、薄焼き卵をつくり終えた玲沙がほかの具材をのせた大皿を持って近づいてきた。

「酢飯って、完全に冷まさないといけないんだっけ？」

「ううん。硬くなっちゃうから、粗熱をとるくらいでいいみたい」

ほんのりと温もりが残る程度になった酢飯を少量、ラップの上にのせて包み、丸めて形を整える。あとは好きな具材を使って握っていけばいい。

「鮪《まぐろ》とサーモン、それとイクラは定番だね」

玲沙はスーパーで買ってきた刺身用の魚を、一口大に丸めた酢飯にのせて、ラップの上から軽く握っていく。錦糸卵で握った寿司の上にはイクラを飾り、サーモン寿司の上には薄切りにしたタマネギをのせた。

「これ、海苔《のり》を巻いてもいいかなあ」

言いながら、ことみが酢飯のまわりに海苔を巻き、軍艦風に仕立てた。明太子とマヨネーズ、キュウリとイクラ、キムチ（玲沙の好物で、必ず冷蔵庫に入っている）などで飾り立てていく。酢飯にクリームチーズを入れて生ハムで巻いてもおいしそうだ。

ほかにも薄焼き卵でくるんで茶巾寿司にしたり、酢飯に桜でんぶを混ぜてピンク色にしたり。材料さえあれば、アイデア次第でバリエーションを増やすことができる。

「はい、これで完成！」

碧はピンク色のお寿司の上に、桜の花の塩漬けを飾った。

三十個ほどの手まり寿司ができあがると、ことみと玲沙が顔を輝かせた。

「うわぁ、ちっちゃくて可愛い！」

「並べてみるとカラフルねー」

赤や黄色、緑にオレンジ、そしてピンク。色とりどりのお寿司たちを見ていると、こちらの気分も華やいでくる。

「よし！　それじゃ、支度して出かけよっか」

碧が時計に目をやると、時刻は十一時を過ぎていた。ちょうどいい頃合いだろう。

三人で手分けして、細長いふたつのランチボックスに半分ずつ、崩さないよう手まり寿司を詰めていく。底がついたエコバッグに入れて、レジャーシートに飲み物、もちろんお菓子も忘れずに。

碧たちが外に出ると、アパートの前に植えてある大きな桜の木が目に入った。つぼみが開き、見事な花を咲かせている。

「あの木の下でお花見してもよさそうだねえ」

ことみが言うと、玲沙は「やだよ」と即答した。

「道路の真ん前じゃない。たしかにきれいではあるけどさ」

「じゃあ草木も眠る丑三《うしみ》つどきに、夜桜を愛《め》でるためにこっそり部屋を抜け出して……」

「それ、不審者以外のなんでもないからね」

ぽんぽんと会話を交わすふたりの間に、遠慮やわだかまりは感じられない。以前と同じ――いや、むしろ気安くなった空気に、碧はひそかに安堵する。

「昼間の公園ならほかの人もお花見してるだろうし、気まずくないでしょ。土曜だから人は多いかもね。にぎやかでいいんじゃない？」

足を踏み出した碧はくるりとふり返ると、玲沙とことみに笑いかけた。

「さ、行こう！　お腹《なか》すいちゃったよー」

満開の桜に見送られながら、三人は足どりも軽く歩きはじめた。

第3話　5月病にはメンチカツ

――この車はいったい、どこに向かっているのだろう。

小倉七海《おぐらななみ》の頭の中では、さきほどからその言葉だけが延々と繰り返されていた。

春から初夏へと移りはじめた、五月の中旬。よく晴れた、少し汗ばむような陽気のある日。座っている助手席から見える、備えつけの小さなデジタル時計の時刻は、十三時十五分を示していた。

（お腹《なか》すいたなあ……）

時間を確認したとたん、お腹がきゅうと鳴った。

七海が通う市立の中学校では、今日が中間テストの最終日だった。

クラスメイトたちは試験が終わって解放感にひたっていたが、七海は違う。もう終わってしまうのかと、苛立《いらだ》ちすら感じていた。

なぜなら試験期間には、給食がないから。あのいまいましい時間が。

みぞおちのあたりが一瞬、鋭く痛み、七海は思わず眉をひそめた。

母親が会社に勤めているので、お昼ご飯は自分で用意しなければならない。母はつくっておこうかと言っていたが、フルタイムで働いていて忙しいのに、早起きさせて負担をかけたくはなかった。

小倉家は母と七海、そして小学生の弟との三人暮らしだ。父親はいない。五年前に離婚して、自分と弟は母に引きとられた。

弟は午後まで授業があるので、帰ってくるのは三時ごろだろうか。

母にお昼代をもらっているから、今日もコンビニでお弁当かサンドイッチでも買おうかと思っていたのだけれど。

(ハンバーガーでもよかったな。とにかくなんか食べたい)

ふたつに分けて耳の下で結んでいる、長い髪の先を無意識にもてあそんでいると、運転席から明るい声がかけられた。

「小倉さんごめんねー、お腹すいたでしょ。もうちょっとだから」

「はあ……」

ちらりと視線を向けた先には、ハンドルを握る女の人。

身長は七海よりも低く、ローヒールのパンプスを履いて、百五十六センチの自分とほぼ同じ。ややぽっちゃりした体型で、ベージュのパンツスーツがちょっときつそうだ。ゆるくパーマをかけた黒髪は、下のほうできっちりとまとめられている。

正確な歳《とし》は知らないが、たぶん四十五、六――七海の母より少し上くらいだろう。二十分前、校門を出ようとした七海に声をかけ、車に乗せた誘拐犯……ではなく、れっきとした担任教諭で、学年主任でもある先生だ。

だからといって、別に仲がよいわけでもない。たまたま先月、二年に上がった七海の担任になっただけ。顔を合わせたら挨拶《あいさつ》して、家庭科の担当なので、授業のときに受け答えしたりはするけれど。それ以外ではほとんど話したことがなかった。

「あの、玉木《たまき》先生」

呼びかけると、担任教諭——玉木知弥子《ちやこ》は視線を前に据えたまま「なんでしょう?」と答える。七海は何度目かわからない問いかけを繰り返した。

「どこに行くんですか?」

「だから、着いてのお楽しみです。変なところに連れこんだりはしないから大丈夫」

(そんなことしたら大問題だってば……)

ため息をついた七海は、紺のセーラー服越しにお腹をさする。

「はやく家に帰って、ご飯が食べたいんですけど」

「ご飯ならもうすぐ食べられるよ」

「え?」

七海が目をしばたたかせると、知弥子はハンドルを右に切った。大通りから少しはずれた屋外の有料駐車場に入ったかと思うと、空いていた場所に車を停める。

——この近くに目的地があるのだろうか?

「専用の駐車場がないから、お店の前には停められないのよね。駐禁とられちゃう」

「ってことは、歩くんですか……」

「あと十分くらいだから、がんばって。さ、降りた降りた」

急《せ》かされた七海は、シートベルトをはずしてドアを開けた。外に出ると、運転席のドアも開いて知弥子が降りてくる。

「小倉さん、こっち」

手招きされた七海は、しかたなく知弥子のあとをついていった。

（お店でご飯食べられるのかな？）

食べられるのなら、もうどこでもいい。それほど空腹だった。

駅ビルのような大きな建物を通り過ぎ、バスロータリーを抜けると、商店街に入る。アーケードではなく、車道に沿ってずらりと店が並んでいた。

「ここ、先生の地元なの」

並んで歩いていると、知弥子が話しかけてくる。無視するのも失礼なので、七海は適当に「そうですか」と相槌《あいづち》を打った。

「家はもうちょっと先でね。うちの子が小学校に上がる直前に越してきたから、十年くらいになるかな」

「ふーん。先生、子どもいるんだ」

「娘がひとり。高校生だから小倉さんより年上だね」

そんな話をしながら歩いていると、知弥子がようやく足を止めた。

「はい、到着です」

「……ここですか？」

知弥子が右手で示したのは、黒い瓦屋根《かわらやね》が特徴的な一軒の店。横幅は狭く、格子《こうし》の引き戸の前には白い暖簾《のれん》が吊り下がっている。

「『ゆきうさぎ』……」

――という名前の店らしい。小料理とも書いてあるので、食事を出す店なのは間違いなさそうだ。

「小料理屋って、刑事ドラマとかに出てくる？　着物の女将《おかみ》さんがいるような」

「そうそう、そんな感じ。小倉さん、そういうドラマも見るんだ？」

「母が好きなので……。実物ははじめて見ました」

古めかしい店構えを見上げていると、知弥子は腕時計を見ながら言う。

「一時三十五分か……。ここのランチタイムって、たしか二時までなのよね。まだオーダーできるかしら」

「えっ！　ここまで来て食べられないなんてことは……」

「まあ、平気でしょ。とにかく入りましょう」

のん気に答えた知弥子は暖簾をかき分け、「営業中」の札が下がった戸を引いて中に入った。七海もおそるおそる、あとに続く。

「こんにちは。いらっしゃいませ」

やわらかい声に迎えられ、七海は知弥子の背後から中をのぞきこんだ。

優しく笑いかけてきたのは、縦に長い店内で木製のカウンターを拭いていた、白髪のおばあさんだった。

抹茶《まっちゃ》色の着物の上に割烹着《かっぽうぎ》をつけていて、髪はきちんと後ろでまとめている。八十歳くらいに見えるけれど、七海よりも少し背が高そうだ。面差しは優しげだが背筋をまっすぐ伸ばして立つ姿は凜々《りり》しくて、とても魅力的だった。

和服に割烹着。この人は間違いなく――

（女将さんだ！　ドラマみたい！）

生まれてはじめて見る「本物」に、七海が静かに興奮していると、前に進み出た知弥子がにこやかに挨拶を返す。

「こんにちは。まだ注文できますか？」

「ええ、もちろんですよ。どうぞお好きな席に座ってくださいな」

十四時に近いせいか、店内にいたお客はふたりだけだった。作業着のおじさんと、上着を脱いでYシャツの袖《そで》をまくり上げたサラリーマンだ。

店内を見回した七海の胸に、不思議ななつかしさがよぎる。

はじめて来た場所なのに、なぜだろう。まるで祖父母の家に遊びに行ったときのような感覚があった。実際の祖父母の家はもう少し洋風だし、中学生の七海の目には、この店はだいぶ古臭く見えるのだけれど。

「小倉さん、どこに座ろうか？」

「ここでいいです」

はやく何か食べたかったので、七海はいちばん近くにあった四人がけのテーブル席に腰を下ろした。知弥子が向かいに座ると、ふたりぶんの湯呑《ゆの》みとおしぼり、そして一枚の紙をのせたお盆を手に、女将が近づいてくる。

「こちら、お品書きです。今日の日替わり定食はメンチカツですよ」

これはおすすめと言いながら、女将はほがらかに笑った。

七海はさっそく、渡されたお品書きに目を通す。

野菜のかき揚げ定食に、焼き魚定食。親子丼と日替わり定食。あとは肉じゃがに冷奴《ひややつこ》といった単品料理がいくつか載せられている。

「どれもおいしそうだね」

嬉《うれ》しそうに言った知弥子は、迷った末に親子丼を注文した。小倉さんはどうすると訊《き》かれ、七海はお品書きとにらめっこをしながら考える。

(日替わり定食はメンチカツだったっけ)

――そういえば最近、食べてないなあ……。

できたて熱々のメンチカツを想像したとたん、七海のお腹が大きく鳴った。

メンチカツにしますと答えると、女将は「少々お待ちくださいね」と言って、カウンターの内側にいる男の人に声をかけた。

「大樹《だいき》、ご注文。親子丼と日替わりね」

「了解」

顔を上げたのは、エプロン姿の若いお兄さんだった。

この店の料理人なのだろう。はっきりと顔が見えたのは一瞬だったけれど、なんだかすごく格好よかったような気がする。

「わたしの孫なんですよ。最近は料理のほとんどをまかせていて」

女将が言った。その表情はどこか誇らしげだ。

「お孫さんですか。一緒にお店をやってらっしゃるなんて、いいですねえ」

「わたしの体調が悪くて寝こんでいる日も、あの子がいれば店を開けられますから。これでいつでも店を譲ることができますよ」

「女将さんはまだまだお元気でしょう。若々しくて素敵ですよ」

「あらまあ、そう言っていただけるなんて嬉しいわ。もうだいぶ歳なんですけどね」

知弥子と女将が会話をしている間に、カウンターのほうからじゅわっという音が聞こえてきた。料理人のお兄さんがメンチカツを揚げているのだろう。

この位置からでは手元は見えないけれど、店内に広がる油の匂いは七海の食欲を刺激した。しばらくすると、お兄さんに声をかけられた女将がカウンターに近づき、大きなお盆を持ってこちらにやってくる。

「はい、お待たせしました。まずは日替わり定食ね」

(わあ……!)

七海の視線は、目の前に置かれたメンチカツに釘づけになった。

きつね色にこんがりと揚がった、真ん丸な揚げたてメンチカツ。母がつくるそれよりも大きくて、ひとつ食べただけでお腹がいっぱいになってしまいそうだ。横には千切りキャベツとポテトサラダが添えられ、ご飯とお味噌汁《みそしる》もついている。

「あと、こちら親子丼です」

メンチカツに見とれていると、すぐ近くで低い声がした。

おどろいて顔を上げると、いつの間にか料理人のお兄さんが横に立っていて、知弥子の前にどんぶりを置いている。こっそりのぞいたその中は、鶏肉《とりにく》とタマネギにふわふわの卵がからみ合っていて、上には三つ葉が飾られていた。そちらもおいしそうだ。

「いただきます！」

ソースをたっぷりかけたメンチカツに箸《はし》を入れようとしたとき、知弥子に「待った！」と制止された。不満の目を向ける七海にかまうことなく、知弥子は自分のバッグから小型のデジカメを取り出す。

「小倉さん、写真撮らない？」

「ええ？」

「記念にね。あとで見返すと、いい思い出になるはずだから」

七海の返事を待つことなく、知弥子は女将に撮影許可をもらってしまった。なんならわたしが撮りますよと言って、女将がデジカメを構える。

「えーと、ここを押せばいいのかしら」

はいとうなずいた知弥子が、手を伸ばした。七海の肩にぽんと触れる。

「小倉さん、スマイルスマイル」

言われるままに、七海は小さなレンズに向けて、ほんの少しだけ口の端を上げる。

「じゃあ撮りますよ。はい、笑って――」


「これは……」

朝からクローゼットの整理をしていた碧《あおい》は、ひらりと床に落ちた数枚の写真を拾い上げるなり、軽く目を見開いた。

大学に入って一年。単位を落とすことなく二年に上がり、講義にもなんとかついていけている。そうこうしているうちに一カ月がたち、五月になった。

四月末から五月にかけての大型連休は、あっという間に最終日を迎えていた。

旅行や遊びに行ったりする人も多いだろうが、あいにくそんな予定はない。けれどこの数日間は、地味なりに充実した日々を過ごせたと思う。

連休明けが締め切りのレポートを書いたり、買ったまま積んでいた本や漫画を、ここぞとばかりに夜ふかしして読破したり。もちろん「ゆきうさぎ」のバイトも、いつもより多くシフトに入って働いた。

そして昨日は、父とふたりで母のお墓参りに行った。

去年の三月、とつぜん母知弥子を喪《うしな》ってから、気がつけば一年と二カ月。

当時はしばらく泣き暮らして、まともに食事がとれなくなるほど沈んでしまった。何を食べても味が感じられず、食べ物を口に入れることすら苦痛だった。ろくな栄養がとれなかったため、体調は悪化の一途をたどっていた。

だけど大樹と出会ったことで、碧はふたたび食べ物の味がわかるようになった。おいしく食事ができるようになったのだ。自分がいまこうして元気でいられるのも、大樹がつくってくれたご飯のおかげだ。

お墓や仏壇を見るたびに感じる、胸の痛みは変わらない。けれど月日がたつにつれ、少しずつだがおだやかな気持ちで向き合えるようになっている。

——わたしもそろそろ、過去をふり返ってみても大丈夫かな……。

墓石をきれいに磨いて花を手向け、父と並んで手を合わせながら、碧はそんなことを思った。

碧より五カ月ほど前に、祖母である女将を亡くした大樹も、少し前に遺品の整理をしている。彼も碧と同じく、故人との思い出をふり返ることがつらくて、なかなか手がつけられなかったという。しかしようやく決意して、押し入れを開けたのだ。

『いらないものを処分するとか、そういう意図でやったわけじゃない。まだそこまで吹っ切れてもいないから』

押し入れから発掘した、女将直筆の古びたレシピノート。それを優しい目で見つめながら、大樹は静かな口調で話していた。

『先代が使ってたものとか、気に入ってたものとか。手入れが必要な品だったら、押し入れに眠らせておくだけなのはよくないだろ』

『そうですね……』

『それに遺品と向き合ったら、生きていたときは気づかなかったこともわかるかもしれない。どんなものが好きで、大事にしていたとかさ』

大樹の言葉がよみがえり、お墓参りから一夜明けた今日、碧は母が使っていたクローゼットを開けたのだった。

中には衣類や小物をはじめ、趣味で読んでいた大量の本や、仕事で使っていた資料がぎっしり詰めこまれていた。アルバムもたくさんある。母は亡くなる何年か前から写真にはまっていて、お気に入りのデジカメでいろいろな被写体を撮っていたのだ。

目についた一冊のアルバムを手にとって、ページをめくる。

(なつかしいな……。これ、最後にみんなで行った旅行だっけ)

しばらく思い出にひたっていた碧は、はっと我に返った。こんなことをしていたら、一日ではとても足りない。

今回はとりあえず、どんなものがあるのかをざっと確認するだけにしよう。

アルバムを閉じて元の場所に戻そうとしたが、きつくて上手く入らない。眉を寄せた碧が何冊かを引き抜いたとき、数枚の写真が落ちてきたのだった。

――アルバムに綴《と》じきれなかったのだろうか？

腰をかがめて拾い上げた写真は、三枚だ。

「わ、おいしそう」

最初に目にした写真には、コロッケ――もしくはメンチカツらしき揚げ物がアップで写っていた。千切りキャベツとポテトサラダが添えられた、丸っこいその揚げ物にはソースがかけられ、いまにも誰かが食べようとしているかのような雰囲気だ。

（メンチカツ……っぽい気がする。この形、なんだかすごく見覚えがある）

続けて二枚目を見てみると、今度は親子丼のアップだった。

白いどんぶりに盛りつけられた、とろとろ（に違いない）の卵とじ。そこから鶏肉やタマネギのかけらがのぞいていて、これもまたおいしそうだ。

そして最後の一枚は――

「お母さん……」

碧の口から、ぽつりと小さな声が漏《も》れる。

そこにあったのは、在りし日の母の笑顔だった。

さきほどのメンチカツと親子丼がのったテーブルを中心に、向かって右側で笑っている母。そして左側には、紺色のセーラー服に赤いスカーフをつけた女の子が、少しぎこちない笑みを浮かべて写っていた。

(中学生、かな? この制服、たしかお母さんが最後に教えてた学校の……)

教え子と食事にでも行ったときに撮ったのだろうか?

日付がないのでいつの写真なのかはわからないが、母が存命だった一年二カ月以上前であることは確実だ。ここに保管されているということは、母が愛用していたデジカメで撮られた可能性も高いはず。

(これ、どこで撮ったんだろう。教え子とふたりだけなんて、そんな機会そうそうないと思うんだけど)

フローリングの床に座りこみ、碧が考えこんでいると、軽いノックのあとにドアが開いた。こちらの様子をうかがうように、父が顔をのぞかせる。

「碧、いったん休憩しないか? 桜屋《さくらや》さんでケーキ買ってきたから……」

「ああお父さん、ちょうどよかった」

立ち上がった碧は、父に向けて写真を見せる。

「この写真、見覚えある？　お母さんが写ってるんだけど」

「うん？　どれ……」

室内に入ってきた父は、眼鏡を押し上げながら写真に顔を近づけた。「うーん」とうなってから、碧と目を合わせる。

「はじめて見たなあ。クローゼットに入ってたのか」

「アルバムのところに挟まってたの。いつの写真かな。お母さんのデジカメで撮ったみたいなんだよね。あのカメラいつ買ったんだっけ？」

「デジカメ……。あれは買ったんじゃなくて、三、四年前に何かの懸賞《けんしょう》で当てていたような。あのころ、懸賞雑誌がうちにたくさんあった気がする」

「あ、思い出した！　数学パズルのときは、お父さんとわたしに答え訊きに来たよね。写真はそのあとにはまったんだ」

「そうそう。……あれ？」

父がふと、何かに気づいたかのように目をみはる。

「これ、『ゆきうさぎ』のものじゃないかな」

え？　と声をあげた碧は、あらためて写真を確認した。

父が手にしているのは、三枚目の写真。指先で示されたのは、テーブルの上に置いてあった白い湯呑みだった。目を凝《こ》らして見てみれば、表面にはたしかに「ゆきうさぎ」という藍《あい》色の文字が染めつけられている。

「ホントだ。これ、お店の湯呑みだね」

母と少女にしか目が行かなかったので、気づかなかった。

お客に出す湯呑みは特注で、すべてのものに店名が入っているのだ。最近は、碧が買ってきたうさぎ模様の湯呑みを使うこともあるけれど。

よくよく見ると、写真の背景にもどことなく見覚えがあった。

真ん丸の揚げ物を目にしたときに既視感を覚えたのも、「ゆきうさぎ」で出しているメンチカツだったからなのだ。

「お母さん、いつ『ゆきうさぎ』に行ったんだろ。お父さん知ってる？」

「いや……。知弥子があの店に行ったことがあるなんて、聞いた覚えがないな」

ふたりで顔をつき合わせて考えていると、しばらくして父が苦笑した。

「いつまでもこうしていても、答えは出ないよ。少し休もう」

「そうだね。気にはなるけど……」

疑問はいったん置いておくとして、碧と父は部屋を出てリビングに向かった。

玉木家にはいまでも、母の気配がいたるところに残っている。

座り心地のよい布張りのソファは、母が何軒もの家具屋をめぐって、やっと見つけたもの。細かな花をモチーフにした、白いレースのテーブルランナーは、母が一時期に熱中して編んだものだ。

ソファの横に置いてある、パキラやユッカといった観葉植物の世話は欠かさずしていたし、キッチンの冷蔵庫の扉には、可愛《かわい》い形のマグネットがいくつも貼りつけられている。どれも生前の母が気に入っていたものだ。

これらを見ていると、いまでも思ってしまうことがある。まるで何事もなかったかのように、どこからか母がひょっこりと姿を見せてくれるのではないかと。

(桜屋のプリンとケーキも、すごく好きだったな……)

ドリップ式のコーヒーをふたりぶん淹《い》れた碧は、ソファに座って父が買ってきてくれたショートケーキを頬張《ほおば》る。なめらかで濃厚な生クリームと甘酸っぱい苺《いちご》を堪能《たんのう》していると、向かいで洋酒たっぷりのサバランを食べていた父が言った。

「ところで、さっきの話だけど。なんなら大ちゃんに訊いてみたらどうだろう。何か知ってるかもしれないよ」

「そっか。もしかしたらその場にいたかもしれないんだ」

(雪村《ゆきむら》さん、お母さんの名前は知ってたよね)

思い返してみれば、大樹と母についての話をしたことはほとんどない。

接点がないと思っていたし、碧があえて話題に出さないからでもあった。はじめて会った日に少しだけ話したくらいではないだろうか。

――明日は夜にバイトがあるし、それとなくたずねてみよう。

碧は写真を小さなクリアファイルに入れて、翌日を待つことにした。


そして連休明け。

朝からみっちりと講義を受けていた碧は、十七時半に最寄りの駅へと戻ってきた。

仕込みの手伝いもする夜のバイトは、十七時にはじまる。しかし二年生になってからは時間割も変わったので、遅くまで大学に残る日が増えた。そういった日は大樹に頼み、出勤を一時間繰り下げてもらっている。

『無理して入る必要ないからな。学生は勉強が本分なんだし』

大樹はそう言っていたが、碧は「大丈夫ですよ」と笑って答えた。

もちろん、学業を圧迫してまでバイトを優先するつもりはない。

「ゆきうさぎ」で働くのは楽しいし社会勉強にもなるが、それで大学の成績が落ちてしまったら元も子もない。成績優秀なこととみとは違い、碧はなんとか講義に食らいついているような状況なのだ。

奨学金はもらっていないので、父が碧のために高い学費を払ってくれている。単位を落とすわけにはいかないため、そのあたりはちゃんとセーブしていた。

(でも今日は金曜だし。ミケさんはいるけど、きっとふたりじゃ大変だもん)

出会ったころは料理が苦手だった菜穂《なほ》も、最近は少しずつ、碧と同じように厨房《ちゅうぼう》に入るようになってきた。

忙しい日は回転率が高く、ひっきりなしにお客が来店する。注文も多いので料理担当の大樹はてんてこまいだ。負担を軽くするために碧と菜穂のどちらかが手伝って、残りのひとりは接客に専念するというのが金曜日の鉄則だった。

改札を出た碧は、商店街に向かおうとした。そのとき、バッグに入れていたスマホが軽快な着信メロディーを奏ではじめる。

(雪村さんだ！)

ディスプレイに表示されたその名前に、自然と心が浮き立つ。

電話に出ると『ああタマ、話しても大丈夫か』という大樹の声が聞こえてきた。耳のすぐ近くで響く声が、少しくすぐったい。

壁際に寄った碧は、駅から吐き出される人の流れを見つめながら答える。

「平気ですよー。駅前なので、あと五、六分で行けるかと」

『そうか。なら……ちょっと頼まれてくれないか？』

――こっちに来る前に、買ってきてもらいたいものがあるんだよ。

なんでも買い足すのを忘れ、いま気がついたらしい。

商店街には何年か前まで個人経営の八百屋《やおや》があったけれど、駅前開発の影響を受けて閉店してしまっている。「ゆきうさぎ」で使う野菜は別の青果店で仕入れているが、急ぎなのですぐに欲しいとのことだった。

踵《きびす》を返した碧は、駅ビルの地下に入っているスーパーに足を運ぶ。

夕方は特に混む時間帯だ。会社員や主婦、学生たちでにぎわう中、碧はわき目もふらずに目的のコーナーへと突進する。

「あった！」

メジャーな食べ物なので、それは野菜コーナーの目立つ場所に積まれていた。

キャベツは収穫する時期によって、やわらかさや味がそれぞれ異なる。

ずっしりと重く、きつめに葉が巻きつけられているのが冬キャベツ。いま出回っている春キャベツは巻き方がゆるく、甘みが強いのが特徴だ。大樹曰《いわ》く、みずみずしい春キャベツは生で食べてもおいしいので、千切りに向いているという。

碧は大樹から教わった通り、売り場のキャベツをじっくりと吟味《ぎんみ》した。

(いいキャベツは葉っぱがきれいで、つやもある。芯は白くて割れてないもの……)

これだと思ったキャベツを買い、「ゆきうさぎ」をめざす。

「あ……」

店の前についたとき、軒下《のきした》に一匹の猫が座っていた。

毎度おなじみの武蔵《むさし》ではなく、このあたりでは見かけないトラ猫だ。仔猫というほど小さくもないが、体の大きな武蔵を基準にしているので小柄に見えてしまう。

体つきは貧弱だが、丸く大きな茶色の目が愛らしい。毛並みはやわらかそうで、撫《な》でたら気持ちよさそうだった。

「キミ、どこから来たの。このへんじゃ見ない顔だね」

声をかけてみると、立ち上がったトラ猫は甘えるように鳴きながら近づいてきた。碧の足下をぐるりと一周してから、人なつこく頬をすり寄せる。

(なにこれ可愛い！　すっごく可愛い……！)

首輪をつけていないので野良猫《のら》だろう。孤高の野良、武蔵にはいつもつれなくされているせいか、少し甘えられただけで口元がにやけてしまう。もちろん武蔵にだって、ほかの猫にはない、ふてぶてしい可愛らしさと魅力があるのだが。

「遊んであげたいんだけど……。もうお客さんも来るからごめんね」

トラ猫は「わかった」とでも言うかのようにうなずいた――気がする。聞き分けよく背を向けて、ゆっくりと去っていく。

（また来てくれるかなー……）

その後ろ姿を見送っていると、視線の先にもう一匹の猫があらわれる。

建物の陰からゆらりと出てきたのは、武蔵だった。トラ猫が近づいてくるのを待っているかのように、その場にたたずんでいる。

間もなくしてトラ猫を迎えた武蔵は、一瞬だけ碧のほうへと目をやった。すぐに踵を返し、二匹並んで通りの向こうに消えていく。

――武蔵の友だちだろうか？　めずらしい……。

はじめて目にする光景におどろきつつ、碧は戸に手をかけた。

「あ、タマさん。おはようございます」

戸を開けると、カウンター席の前に箸を並べていた菜穂がにこりと笑う。使われているのは碧が以前買ってきた、白いうさぎの箸置きだ。

「ミケさん、いまお店の前に猫がいたんですよ」

「武蔵じゃなくて？」

「茶色の子です。小さめで可愛かったなー」

碧が声をはずませると、カウンターの内側から大樹が口を挟む。

「その猫だったらちょっと前から、武蔵と一緒にうちに来てるぞ。樋野《ひの》神社でときどき見る猫だよ。あそこ、野良猫のたまり場になっててさ」

「武蔵と仲がいいのかな？　めずらしいですよね」

そうだなと答えた大樹が、カウンターの外に出た。

「買い物、いきなり頼んで悪かったな。キャベツ買えたか？」

「はい。これで大丈夫だと思うんですけど」

大樹に袋を手渡す。中を確認した彼は「いいキャベツだな」と言ってくれた。

「昼に使い切ったまま、補充し忘れてたんだよ。助かった」

「千切りキャベツですか？」

「ああ。今日の日替わり、メンチカツだったんだ。思ってたより数が出て」

――メンチカツ……。

碧の脳裏《のうり》に、昨日見つけた写真の料理が思い浮かぶ。

いま訊いてみようかと思ったが、すぐに店が開く時間になった。たずねるのは後回しにして、碧はエプロンをとりに小部屋に向かう。

予想通りの混み具合ではあったが、三人で協力し合って乗り切った。閉店後はいつものように、大樹の賄《まかな》いでお腹を満たす。

「ごちそうさまでした！」

誰よりもはやく茶碗を空にした碧は、バッグの中から写真が入ったファイルを引っぱり出し、座敷から下りた。不思議そうな表情の大樹と菜穂に見守られながら、写真の背景と店内を照らし合わせていく。

「タマ、何をうなりながら踊ってるんだ」

「盆踊りにはまだ早いですよねえ」

「踊りじゃありません。ちょっとひとつの検証を……んん？」

写真を手にうろうろと歩き回っていた碧は、ある場所で足を止めた。

「ここ、かな？」

三組ある四人がけテーブルの、もっとも出入り口に近い場所。壁の汚れ具合やテーブルについた大きめの傷などが、写真とほぼ同じだ。

「雪村さん雪村さん、ちょっとこっちに来てもらえますか?」

手招きすると、大樹は「なんなんだ」と怪訝《けげん》そうな顔で近づいてくる。

「この写真の背景って、ここですよね?」

碧の手元をのぞきこんだ大樹は、写真と店内を無言で見くらべた。

「……たぶんそうだろうな。湯呑みにも店名が入ってる。タマは写ってないけど、知り合いなのか?」

(あれ? 雪村さん、お母さんの顔は知らないのかな)

母や少女の姿を見ても、大樹は特に反応していない。わたしの母なんですよと教えたとたん、息をのむ。

「タマのお母さん? 玉木さんの奥さんだから……知弥子さんか」

「やっぱり名前は知ってるんですね。でも顔は見たことない?」

「玉木さんが話してたことがあったから。学校の先生だったんだろ。でも実際に会ったことはないはず……なんだけど」

大樹はもう一度腰をかがめ、写真を見つめる。

「やっぱりここだよな。この親子丼とメンチカツも、どう見てもうちのだし」

「はい。母がこの席に座ったことは、間違いないと思うんです」

碧は写真をのぞきこんだ。

「そんなに昔じゃないと思うんですけど……。いつごろに、どうして来ることになったのか、わかるようなら知りたくて。デジカメのデータはもう残ってなかったから」

「常連は当然だけど、何度も来てくれたお客は顔を覚える」

写真に目を向けたまま、大樹は続ける。

「玉木さんの奥さんが来たなんて、先代も言ってなかった。もし来たことがあったとしても、一回か二回くらいじゃないか？　それに名乗りでもしない限り、たまたま入ってきたお客がその人だなんてわからないだろ」

「そう、ですよね……」

「って言いながら必死で思い出そうとしてるんだけど、やっぱり記憶にないな……」

考えこんでいた大樹は、申しわけなさそうに肩を落とす。

「ごめん。役に立てなくて」

「あ、いいんですよ。ちょっと知りたかっただけなので！」

碧はつとめて明るい声を出し、笑顔を見せた。

顔見知りの常連客に、初顔の一見客《いちげん》。日々多くのお客と接している大樹が、一年以上も前に来たであろう母のことを憶《おぼ》えていないのは当然だ。よほどインパクトがある何かでもない限り、記憶からは消えてしまうだろう。

「それにしてもこの写真、誰が撮ったんだろ？」

デジカメは母のものだが、その母はこうしてしっかり写っている。

「たぶん、先代か俺だと思うんだけど。ほかのお客に頼むよりは店の人間だろうし。けど写真を撮りたいって言ってくる人は多いからな」

取材嫌いの「ゆきうさぎ」だが、個人で楽しむ写真撮影なら許可している。

常連客は年齢が高い男性ばかりなので見かけないが、女性客は携帯のカメラで料理の写真を撮り、SNSなどに投稿する人が多い。すべてを制限すれば不満が出ることは確実なので、そのあたりは流れにまかせている。

大樹は、「ところで」と首をかしげる。

「こっちの子は誰なんだ？　知弥子さんの知り合いか」

「制服から見て教え子だと……。わたしもはじめて見た顔で」

――この女の子も謎だ。

ほかにも生徒たちがいるならともかく、ふたりだけで小料理屋に行って食事をするシチュエーションなど、そうそうないと思う。いったいどんな経緯で、このようなことになったのだろう？

紺のセーラー服を着た、長い黒髪の女の子。顔立ちはまだあどけなさを残しているけれど、二重の大きな目と長い睫毛《まつげ》が印象的だ。

（お母さんはもういないけど、この子に話を聞けたらいいのに）

結局その日は何も解決しないまま、碧は家路についた。


「おかえり、七海」

大型連休が終わって数日が過ぎ、人々が日常のリズムを取り戻しつつあるころ。

その日の十七時過ぎ、高校から自宅のアパートに帰ってきた七海を迎えたのは、まだ働いているはずの母の声だった。

「え。お母さん、なんでいるの？　今日は六時まで仕事でしょ」

「うーん……。ちょっと具合悪くて早退させてもらったの。熱があるから風邪だね」

気だるそうに言いながら、母は自分の額に手をあてる。

おどろいた七海は「じゃあ寝てなきゃ」と、母の背中を押した。寝室として使っている和室に向かう。

「ふとん敷くね。薬は飲んだ？」

「うん。疲れが出たのかも。そんなにひどくないし、少し寝てれば治るから」

「ヒロは？　試合近いしまだ部活？」

「そう。あ、七海」

敷布団に横になりかけた母は、財布の中から五千円札を一枚引き抜いた。

「ご飯つくる気力ないから、これで何か買ってきて。私、生姜《しょうが》焼き弁当が食べたい」

「具合悪いのにそんなもん食べる気？」

「こういうときこそ、たっぷり食べて力をつけなきゃ！　あ、豚汁《とんじる》もよろしく」

「元気だね……」

「あとは明日の朝ご飯もお願い。パンとかおにぎりとか」

食欲があるのなら、それほど心配することはなさそうだ。

ほっとした七海はお札を受けとると、和室の隣にある自分の部屋に入った。重たい通学カバンを机の上に置き、左手に持っていた赤いランチトートに目を落とす。

先月、高校に入学してから、母はできるだけお弁当をつくってくれている。

コンビニのパンでもいいし食堂もあるからと言ったけれど、週に三日はこのランチトートを持たされていた。おかずは夕食の残り物や冷凍食品がほとんどだが、忙しい朝にお弁当を用意してくれるという事実のほうが重要だ。

——春休みにお母さんがノリノリで買った、カラフルなお弁当箱……。

少しハデじゃないかと思ったが、母は「明るいほうが楽しいから」と言って、ランチトートと一緒にレジへと持っていった。

ため息をついた七海は、ランチトートからふいと視線をそらした。

着ていた制服に手をかけて、ブレザーとブラウス、スカートを脱ぎ捨てる。ベッドの上に放り投げてあった私服に袖を通すと、財布と携帯だけ持って玄関に向かった。

「行ってきまーす」

「七海ー。ついでにアイスも買ってきて。ソーダ味のやつー」

スニーカーを履いたとき、奥から母の声が飛んできた。やっぱり元気ではないか。

小さく笑った七海は「はいはい」と答えながら、ドアノブに手を伸ばした。


生姜焼き弁当と豚汁、そしてアイスを完食した母は、翌朝にはケロリと回復していた。

「じゃ、行ってくるね。戸締まりはきちんとしていってよ。今日は五時には帰れるから」

七時二十分、支度を終えた母はバタバタと家を出ていった。

サッカー部の朝練がある弟はとっくに出かけている。あとは七海だけだ。

（三十五分に出れば、いつもの電車に間に合うか……）

髪はとかしたし、制服も着ている。あとはカバンを持って学校に行くだけ。

しかし家を出る時間を過ぎても、七海はダイニングの椅子《いす》に座ったままだった。遅刻するとわかっていても、動けない。

（めんどくさいな。学校行くの……）

つけっぱなしのテレビを見つめながら、そんなことを思う。

入学してから一カ月間は希望も湧いていて、がんばって新しい生活に慣れようとしていた。しかし数日間の連休で、リズムが崩れてしまったのだろうか。連休後に何日か学校に行っただけで、どっと疲れてしまった。

それに、どうせ行っても楽しいことが待っているわけでもないし。

そう思ったとたんに、急速にやる気が失われていく。

――ああまずい。これはまずい。

立ち上がった七海はカバンをひっつかんだが、玄関に足は向いてくれなかった。一度落ちてしまった気持ちが浮上することはなく、テレビのニュースが八時を告げる。

「……いまから行っても遅刻か」

ぽつりとつぶやいた七海は、テーブルに置いてあった携帯を握りしめた。

学校に連絡し、適当な理由をでっちあげて欠席を伝えると、七海は自室のベッドに倒れこんだ。

「は――……」

（学校、サボっちゃった）

罪悪感と、これで今日は家にいられるという安堵《あんど》がせめぎ合う。

ごろごろとベッドの上で転がっていると、チェストの上に飾ってあった写真立てが視界に入った。

億劫《おっくう》そうに起き上がった七海は、腕を伸ばしてそれを手にとる。

飾っているのは、二年前、中学の担任だった先生と一緒に撮った写真だ。

「ごめん先生、見逃して。サボリは今日だけにするから」

七海は写真の中で笑っている担任――知弥子に語りかけた。

あのころ、七海はクラスのリーダー的な女子と口論をしたせいで、ほかの女の子たちからも仲間はずれにされていた。

七海に声をかけようとする子はおらず、休み時間も給食の時間も常にひとりだった。嫌がらせまでは行かなかったが、聞こえよがしに悪口を言われたことは何度もあった。当時のことを思い出すと、いまでも胃が縮まる。

それからしばらくして、クラス内の違和感に気がついた知弥子が間に入り、相手の女子とは和解した。

互いのわだかまりが完全に消えることはなかったが、少なくとも仲間はずれにされたり、悪口を言われたりするようなことはなくなった。

知弥子はその後も、ほかの子に目をつけられない程度に、さりげなく七海を気にしてくれた。七海も次第に心を開くようになり、知弥子といろいろ話をするようになった。さらに、クラス内に友だちができたことで、その年を乗り越えたのだ。

しかし学年が終わる寸前、知弥子はとつぜんこの世を去った。

何が起こったのかわからなかったことだけは、よく憶えている。

生まれつき心臓が弱かったらしいという、クラスメイトの噂《うわさ》は耳にした。だがそれは右から左に流れていくだけで、言葉が意味を成さなかった。

だけど新学期がはじまったとき、知弥子の姿はそこになく――

二カ月前の卒業式、恩師の席に座っていたのは、額に入った写真だけだった。

(卒業式、見てもらいたかったなぁ……)

写真立てを胸に抱きしめた七海は、まぶたを閉じて思い出にひたる。

――それからどれくらいの時間がたっただろう。

「……ん？」

目を開けたとき、壁の時計は十二時を指していた。いつの間にか眠っていたようだ。

お昼だと思った瞬間、胃が鳴った。生きている限りお腹はへる。

（どうしようかな。何か食べたいもの……）

気だるい気分のまま、七海はゆっくりと体を起こした。その拍子に、胸の上にのせていた写真立てがすべり落ちる。

拾い上げた七海の目に映ったのは、写真の中のメンチカツ。

知弥子に連れられて、はじめて入った小料理屋……。

そこで食べたメンチカツは、ほんとうにおいしかった。憂鬱《ゆううつ》な気分を吹き飛ばして、幸せな気分にさせてくれた料理だった。七海は未だに、あれを超えるものに出会ったことがない。

――あの店の名前は、なんと言ったか。

ごくりと唾《つば》を飲みこんだ七海は、記憶の中の思い出をたどった。

昔ながらの黒い瓦屋根に、格子の引き戸。その前にはためく白い暖簾……。

「……『ゆきうさぎ』、だ」

揚げたてサクサクのメンチカツが、七海の脳裏でじゅわっとはじけた。

私服に着替えて家を飛び出した七海は、うろ覚えの記憶を頼りに、小料理屋のある町までやってきた。

二年前、知弥子と歩いた商店街。

多少なりとも変わっているのだろうが、七海の目には、あのときとほとんど同じように見えた。少なくとも、雰囲気は以前のままだ。

「あった……！」

小料理屋「ゆきうさぎ」も、当時と同じ場所に変わらず存在していた。

ほっとしたのも束の間、いざ入ろうとするとなかなか勇気が出てこない。

前は知弥子が一緒にいたからなんとも思わなかったけれど、小料理屋というのは、高校生になったばかりの七海がひとりで入るにはハードルが高い。前に入ったときも、お客は中高年のおじさんばかりだった。なんだか場違いのような気がしてしまう。

だからといって、ここまで来て引き返すのも……。

店の前に突っ立っていると、道行く人々から奇異の目を向けられる。居心地が悪くなったとき、なぜか下のほうからも視線を感じた。

目線を落とすと、いつの間に近づいていたのか、足下には二匹の猫がいた。

一匹は黒と白の大きな体の猫で、目つきがあまりよくない。もう一匹は茶色のトラ猫だった。こちらは小さめで可愛かったけれど。

野良だと思われる二匹は、物言いたげな顔で七海をじっと見上げている。

(な、なんなの。怖いんだけど!)

しばらく無言で見つめ合っていた七海は、その迫力に気圧《けお》されて後ずさりした。猫たちが追いつめてくることはなかったが、視線はこちらに向いたままだ。

「猫に用はないからね。あっち行ってよ」

手をふっても、猫たちはまったく動じない。

(……少し心を落ち着かせよう。ランチタイムは二時までだし)

そそくさと店から離れた七海は、気分転換に周囲を歩き回ってみた。……なんのつもりか知らないが、猫たちは一定の距離を保ちながらついてくる。まさか悪さをするつもりでもないだろうし、好きにさせることにした。

見知らぬ町をあてどなく歩いていると、小さな公園を見つけた。七海がベンチに腰かけると、猫たちもまた近くに座る。

自分の何がそれほど気に入ったのだろう。食べ物の匂いがするわけでもないのに。

首をひねりながら、七海はバッグの中から知弥子の写真を取り出した。

勢いで来てしまったけれど、このメンチカツは果たして、今日のランチメニューに載っているのだろうか？

――まあ、もしなければ別のものでも……。

ふたたびお腹が鳴り、写真をバッグに戻そうとしたときだった。

「えっ⁉」

トラ猫が地面を蹴《け》った――と思う間に、いきなりこちらに飛びかかってくる。

ぎょっとした七海は大きく目を見開き、身をよじる。避けたはずみで手から力が抜けてしまい、写真がひらりと宙に舞った。

春風に乗り、写真が花壇のほうへと流されかける。

七海よりも速く動いたのは、黒白の猫だった。見事な跳躍を見せたかと思うと、口で写真をキャッチする。

「ええっ⁉」

きれいなフォームで着地した黒白猫は、七海をふり返ると意味ありげな目を向けた。写真をくわえたまま、トラ猫を引き連れて走り去る。

「な……な……」

何が起こったのか理解したのは、それからすぐのことだった。

碧が格子戸を引くと、テーブル席の食器を片づけていた大樹が顔を上げた。

「タマか。どうした」

こんにちはと挨拶した碧は、いそいそと大樹のもとに近づく。

「午後まで講義のはずだったんですけど、急に休みになって。ランチタイムに間に合いそうだったので来ちゃいました」

「そういうことか。いらっしゃい」

大樹の表情は、接客用の笑顔と似ているようで微妙に違う。「にっこり」ではなく「にやり」に近く、そのぶん親しみがこもったもの。

そんなことが判別できるのも、一年以上、そばで大樹の顔を見ていたからだ。

(わたしも雪村さんの前だと、違う顔になってたりするのかな)

さすがに面と向かって訊くのは恥ずかしいので、口に出したりはしないけれど。

十三時半を回っていたので、お客の数は少なかった。常連がふたりと、あとはスーツ姿の女性がひとり、黙々と定食を平らげている。

カウンター席に腰かけた碧は、アジフライ定食を注文した。このところ食事はヘルシーな煮物が多かったから、揚げ物が食べたかったのだ。

「それでご飯は――」

「大盛りだろ。白飯と麦飯《むぎめし》、どっち」

「麦って聞くと健康食って感じがしますねー。カロリーも低いんでしたっけ」

「ゆきうさぎ」で使っているのはもち麦で、普通の大麦よりも食感がもっちりしているのが特徴だ。これを白米にまぜて炊きこむのである。

「カロリー自体はたいして変わらない。けど麦には食物繊維が多く入っていて、コレステロール低下にも役立つ。腹持ちもいいって言われてるな」

独学で栄養学を学んでいるだけあって、大樹はこういうことにも詳しい。

「コレステロールは問題ないですけど、腹持ちは大事ですね。麦飯にします！」

大樹が「了解」と言ったとき、出入り口から猫が爪をとぐような音が聞こえてきた。

「……武蔵かな？」

以前も同じことがあったので、立ち上がった碧は引き戸に向かう。

戸を開けると、そこにいたのは前に見かけたトラ猫と、一枚の四角い紙をくわえている武蔵だった。

二匹はきょとんとする碧にかまうことなく、戸の隙間からするりと入りこんできた。まるで碧を盾にでもするかのように、背後に隠れる。

「あ、こら。中に入っちゃだめだってば」

足下にまとわりつく猫たちを追い立てて、碧は店の外に出る。

後ろ手に戸を閉めたと同時に、どこからか荒々しい足音が聞こえてきた。ひとりの少女が、こちらに向かって駆けてくる。

――あれ？　あの子、どこかで。

下ろしたままのセミロングの髪をふり乱して、必死の形相で走ってくる女の子……。

（な、何があったんだろ？）

少女はひるむ碧の前で足を止めた。肩で息をしながら口を開く。

「…………て」

「え？」

「写真、返して……！」

碧の足下に向けて手のひらを差し出し、そう言った彼女の視線の先には武蔵がいた。

もしやと思った碧は、その場で腰をかがめる。武蔵がくわえているのは予想通り、一枚の写真だった。

武蔵はときどき、だいぶ強引な手を使って誰かを「ゆきうさぎ」に連れてくることがあるのだが、今回も？

「武蔵……」

引っかかれることを覚悟で、碧はおそるおそる武蔵に手を伸ばした。しかし攻撃されることはなく、写真の端をつかむと、おとなしく口から離す。

ほっとした碧の目にふと、とり返した写真の画像が飛びこんできた。

(この写真！)

笑顔の母と、なんとか笑おうとしているセーラー服の少女。そしてテーブルの上には、おいしそうなメンチカツと親子丼。

それは母のクローゼットで見つけたものと、まったく同じ写真だった。

息をのんだ碧は、目の前の少女をじっと見つめる。

服装も髪型も、写真の少女とは違う。けれどよく見れば、その顔には面影があった。写真の子が二、三年成長したら、ちょうど彼女のようになるのではないか。

「───あの！」

碧は一歩前に踏み出した。緊張に高鳴る鼓動を落ち着かせながら、怪訝そうな顔の少女に問いかける。

「あなた、玉木知弥子を知っている……？」

次の瞬間、少女はおどろいたように両目を見開いた。


「このお店に玉木先生と一緒に来たのは、二年前のちょうど今ごろでした」

小倉七海と名乗った少女は、そんな言葉から話をはじめる。

写真を返された七海は、碧が知弥子の娘と知るや深々とお辞儀をして、「玉木先生には中学時代、お世話になったんです」と言った。ランチタイムが終わる時間だったので、大樹に頼んで店の中で話をさせてもらうことにした。

そして現在、碧と七海はテーブル席で向かい合っている。

「二年前というと、小倉さんは中二？」

「そうです。玉木先生が担任で」

うなずいた七海は、当時の自分が置かれていた状況を語り出す。

クラスメイトとの対立がきっかけで、ほかの女の子たちから仲間はずれにされていたこと。相談できる友だちは誰もおらず、母親にも心配をかけたくない一心で、何も言えなかったこと。ひとりで食べる給食が、つらくてたまらなかったこと……。

そんな七海の様子に気づき、声をかけてきたのが知弥子だった。

「先生は私の話を聞いて、避難部屋に連れていってくれたんです」

「避難部屋？」

「校内に、クラスに居づらい生徒が自由に使える部屋があったんですよ。私は教えてもらうまで知らなかったんですけど。教室で我慢しすぎて、嫌な思いをするよりは……っていう考えでつくったみたいで」

嫌なら逃げてもかまわない。無理をして壊れてしまうくらいなら、逃げてほしい。

それは、我慢し続けた七海の心を解放するような言葉だった。

「知られたら、注意されるか怒られるかと思ってましたから。面倒な子を担当しちゃったな、みたいに思われるんじゃないかって」

「母は……そうはしなかった？」

「はい。給食もその部屋で食べてたんですけど、ときどき先生も自分の給食持って遊びに来てました。部屋にいたほかの子たちとも、いろんな話をして」

知弥子は誰にでも気さくに話しかけ、ときには相談に乗ることもあったという。

「勉強も教えてくれましたよ。三年生の数学はちょっと手こずってたけど」

その姿を思い出すかのように、七海は優しく微笑《ほほえ》んだ。

はじめはよそよそしかった七海も、そんな知弥子の人柄に触れるにつれて、少しずつ打ち解けていったそうだ。両親と上手くいっていない女の子が、「玉木先生に相談できてよかった」と言った話が、碧の心に響いた。

（そうか……。お母さんはちゃんと「先生」だったんだ）

そんなあたり前のことを、あらためて実感する。

碧にとっての「玉木知弥子」は、亡くなるその日まで「母」以外のなにものでもなかった。仕事の内容は知っていたし、勤め先の学校について話していたこともあったが、母が家で「教師」の顔を見せることはほとんどなかった。

だから碧は、母が学校で生徒たちにどのように接していたのかを知らない。けれどいま、七海から聞いた話で、その片鱗《へんりん》を垣間見ることができた。

「玉木先生はそのあと、私がクラスに戻るきっかけもつくってくれて……」

悲しげに表情を曇《くも》らせた七海が、テーブルの上の写真に目を落とす。

「一年間、すごくお世話になったんです。だから亡くなったって知ったときは、ほんとうにショックでした」

「……」

「ここに来たのは、私がまだ避難部屋のことを知らなかったころです」

店内を見回した七海が、なつかしそうに目を細めた。

「テストが終わって、家に帰ろうとしてたときだったな。先生に声をかけられて、車に乗せられたんですよ。どこに行くのかと思ったら――」

連れてこられたのは、知弥子の地元にある小料理屋。

困惑する七海に、知弥子は笑顔で言ったそうだ。

――おいしいものを食べながら、ふたりでお話ししましょう。

「普通は放課後の教室とか職員室とか、生徒指導室とか……。まあ学校のどこかじゃないですか。なのに玉木先生は、ここまで連れてきたんですよ。ここのお料理がおいしいって聞いてるから、自分も食べてみたかったなんて言ってましたけど」

（お父さんから聞いたのかな……）

父は「ゆきうさぎ」のことを母に話していたようだから、興味を持ったのだろう。

そこで生徒を連れていくというところが、なんとも母らしい。

「ご飯を食べながら、先生といろいろ話しました。……ちょうどこの席で」

七海はテーブルにそっと触れた。

「私があれから学校に通い続けられたのも、高校に行く気になれたのも、玉木先生のおかげです。――ありがとうございました」

まるで知弥子本人がそこにいるかのように、七海は碧に向けて頭を下げた。

――ああ、そうか。

こうやって母のことを憶えていて、ありがとうと言ってくれる人がいる。誰かにそう思ってもらえるような人生を、「玉木知弥子」は生きたのだ。

気がつけば頬が濡《ぬ》れていて、我に返った碧はあわてて目をこすった。

「ご、ごめんね。ちょっといろんなこと考えちゃって」

ぼやけた視界に、うろたえる七海の姿が映る。

はやく泣き止まなくては――鼻をすすりながら、バッグに入れていたハンカチを引っぱり出そうとしたときだった。

目の前に差し出された水色のハンカチに、碧は濡れた両目をしばたたかせる。

「これで拭け」

いつの間にか、すぐ横に大樹が立っていた。おずおずとハンカチを受けとった碧の頭を軽く撫で、それ以上は何も言わずに戻っていく。

(雪村さん……)

頭のてっぺんに残るぬくもりは、大樹のさりげない優しさだ。

ハンカチで涙を拭《ぬぐ》い、深呼吸すると、ようやく気分が落ち着いてきた。

「いきなりごめんね。びっくりしたでしょ」

「いえ……」

泣き止んだ碧にほっとしたのか、七海の表情がかすかにゆるむ。しばらく無言の時が流れると、ふいにお腹が鳴るような音がした。

「あ……。す、すみません」

赤くなった七海がお腹を押さえる。

「……もしかして小倉さん、ご飯食べてない？」

七海がこくりとうなずくと、碧は「それは大変！」と立ち上がった。

「って、そういえばわたしもまだ食べてないんだった」

「アジフライだったよな。すぐつくるよ」

すかさず大樹の声が飛んでくる。

「そっちの子はどうする」

え、と戸惑う七海に、碧は食べたいものはないかとたずねた。少しの間を置いて、メンチカツがあればという答えが返ってくる。あの写真のメンチカツだ。

「了解。少し待ってろよ」

実を言えば、今日のランチメニューにメンチカツは入っていない。

けれど大樹は、そのことを口にはしなかった。夜に出すためのストックはあるので、それを使うつもりなのだろう。

数えきれないほど見ているから、そばにいなくても大樹の手元は目に浮かぶ。

「ゆきうさぎ」のメンチカツには、合いびき肉とタマネギのほかに、細かくしたキャベツがたっぷり入っている。偏食の夫に少しでも栄養をとらせようとした女将が、肉ダネの中にキャベツを混ぜこんだレシピを元にしているそうだ。

丸めたタネを小麦粉と溶き卵、そしてパン粉にそれぞれ二度づけしてから、オリーブオイルで香ばしく揚げていく。よい油を使った揚げ物は衣がベタつかないし、カリッとした歯ごたえになるのだ。

「お待たせ」

ものの数分もしないうちに、大樹は両手にお盆を持ちながらやってきた。メンチカツもアジフライも衣づけまでは仕込んであったので、すぐに出せるのだ。

「うわぁ。二年前と同じ……」

香ばしく揚がったメンチカツを見た七海は、嬉しそうにつぶやいた。

ソースをかけると、いただきますと言って箸を持つ。ざくっという小気味よい音が、碧の耳にもはっきりと聞こえた。

碧が見守る前で、七海は一口大に割ったメンチカツを頬張る。

「あちち。揚げたてですもんね」

楽しげに言った彼女は、噛《か》みしめるように口を動かした。ゆっくりと飲みこんでから、ほうっと息を吐く。

「おいしい……。ザクザクしたキャベツも前と同じ」

「食べごたえがあるよね」

勢いをつけて食べはじめる七海を見て、碧もアジフライにかじりつく。「ゆきうさぎ」の揚げ物は、食感が軽くて脂《あぶら》っこくないのでいくらでも食べられる。

「つけ合わせのキャベツもしゃきっとしてますね。うちのと何が違うんだろ」

「千切りは、切ったあとすぐに冷たい水につけてるよ。それがコツなんだって。五分以内がいいみたい」

「言われてみれば、うちのはただ切っただけかも」

納得した七海は千切りを箸でつかみ、口に入れた。

碧が二杯目のご飯を食べ終わったとき、七海はふいに手を止める。

「……私、入ったばかりの高校に、未だになじめてないんです」

碧が視線でうながすと、彼女はぽつりぽつりと続ける。

「最初に気後れしちゃって黙ってたら、もう仲良しグループができてた感じで。中学のときみたいに、仲間はずれにされてるってわけじゃないんですけど」

けれどやっぱり楽しくなくて、やる気がしぼんでいたと七海は言う。

「うちの母、入学するときにハデなお弁当箱買ったんですよ。いいって言ってるのに、そのお弁当箱におかずをいっぱい詰めて。そんな姿見てたら、学校が楽しくないだなんて言えないじゃないですか」

「うん……」

「でも高校はちゃんと卒業して、大学まで行きたいんです。勉強して就《つ》きたい職業があるから。――――ぐるぐる悩んでたら、ふっと玉木先生のこと思い出して。このお店のメンチカツが、なんだか無性に食べたくなったんです」

苦しかったときに、恩師と食べたメンチカツ。

もう一度食べたくなったのは、きっと前に進む勇気を得るため。

「ごちそうさまでした。おいしかったです」

静かに箸を置いた七海は、何かを決意したかのように顔を上げる。

「今日はサボっちゃったけど、明日からちゃんと学校に行きます。でもまた話を聞いてもらいたくなったら……ここにメンチカツを食べに来てもいいですか？」

うなずいた碧は「いつでもおいで」と微笑んだ。


その日の夜、仕事から帰ってきた父に、碧は昼間のできごとを話した。

「なるほど。そういうことだったのか……」

母の遺影が見守る仏壇の前に座り、碧と父はそれぞれ火をつけたお線香を立てる。供えてあるのはいつも通り、母の好物だった桜屋のプリンだ。

「でも、知弥子があの店に行ったなんて、やっぱり聞いた覚えがないんだよ」

父の口調はなんとなく、少し拗《す》ねているように感じる。

「どうして話してくれなかったんだろう」

「お父さんの行きつけだったからみたいよ」

首をかしげる父に、碧は七海から聞いた話を伝える。

「『ゆきうさぎ』はお父さんの聖域だから、って言ってたんだって」

「聖域？」

――家のほかにも、自分らしく過ごせる場所をつくるのはいいことだ。その世界はたとえ夫婦でも、むやみに踏みこんではならないと思う。

そう、母は語っていたようだ。

「でも誘惑に負けて、こっそりお店に入って親子丼を食べちゃったみたい」

眼鏡の奥の目を細めた父が、ふっと口元をゆるめる。

「なんていうか、すごく知弥子らしいな。ほんとうに知弥子らしい……」

繰り返される言葉は優しくて、どこかせつなげに響く。

笑っているようにも、泣いているようにも見える表情で、父は遺影を見つめている。

もしも母が生きていれば、いつか笑い話になったかもしれない過去の思い出。何十年かたって、年老いた父と母が仲良く「ゆきうさぎ」に行き、楽しく食事をとる姿を見てみたかったと思ってやまない。

でも、それはできないことだから。その代わりに――

(お母さん。今日ね、『ゆきうさぎ』に新しいお客さんが増えたよ)

フォトフレームに飾った母と七海の写真を、碧は遺影の母に見せた。

第4話　8月花火と氷いちご

庭から吹いてきたじっとりとした風が、縁側を通り抜けた。

「ずいぶん日が伸びたよねー。もうすぐ七時なのにまだ明るいよ」

碧《あおい》の隣に座っている桜屋《さくらや》星花《せいか》が、薄紫になりつつある空を見上げながら言った。西の空はまだ夕暮れで、オレンジがかった金色の光をふりまいている。

六月下旬の水曜日。

梅雨《つゆ》に入った東京は連日、じめじめとした天気が続いていたが、今日は久しぶりに朝から陽《ひ》が差していた。湿度が高いので快適とは言えないけれど、傘を差さずに出歩けるのはありがたい。

（でも、紫陽花《あじさい》は雨のときに見るほうが好きだな）

この時期、そこかしこで赤や青、白に紫といった多彩な色の花を咲かせている紫陽花は雨の日に見るほうがきれいだなと碧は思う。雨粒を受けてしっとりと濡《ぬ》れている姿に、なんとも言えない風情を感じるのだ。

さきほどからお邪魔している雪村《ゆきむら》家の庭にも、紫陽花は植えられていた。

座っている縁側から見えるのは、深みのある青紫。ほかの色もきれいだけれど、碧はあの色がいちばん好きだ。

『紫陽花？　うちの祖父が植えたんだよ』

ついさっき大樹《だいき》から聞いた話によると、彼の祖父である宇佐美《うさみ》純平《じゅんぺい》は定年退職後、園芸にめざめたらしい。

この家を建てて移り住んでからは、庭に多くの木々を植え、熱心に世話をしてきたようだ。じきに花を咲かせそうな百日紅《さるすべり》の木は、特にお気に入りだったという。

彼亡きあとは女将《おかみ》が面倒を見ていたが、その女将もすでにこの世を去っている。

『俺は、木とか花にはあんまり興味がないんだよな』

残念ながら大樹は以前、そんなことを言っていた。しかし祖父母が気に入っていた庭を枯らすまいと、定期的に庭師を呼んでいるそうだ。

少し前に手入れをしてもらったとのことで、剪定《せんてい》された庭は美しく整えられ、生き生きとして見えた。

『どうせ育てるなら、食べられるもののほうがいい』

『それ、すごく雪村さんらしいです』

『タマだってそっちのほうがよくないか？　ほうれん草にミニトマト、三つ葉とかハーブなら使い勝手もいいし、ナスなんかも……』

『本命はナスですね。口にしたときの目の輝きが違いますもん』

『ほっとけ。まあ、うちは猫の通り道だから、庭に直接は植えられないけどさ』

（うちはマンションだから、庭はないんだよね）

ベランダにプランターを置けば、家庭菜園くらいならできるだろうが。あいにくいまは大学にバイト、そして家事をこなすのに精一杯で、そこまで手が回らない。

「それにしても、暑《あ》っついなー」

顔をしかめた星花が、上のボタンを開けたポロシャツの襟元《えりもと》をつかんだ。パタパタとあおぎ、なけなしの風を送る。

うなじが見えるほど短い髪に、下に穿《は》いているのはプリーツを寄せた、タータンチェックのミニスカート。革のローファーも紺のハイソックスも脱ぎ捨てて、長い足をぶらぶらさせている。

暑い暑いと言ってはいても、七分袖《そで》のカットソーに黒いパンツスタイルの碧よりも、よほど涼しそうに見えるのだけれど。

『時間があったら、新作メニューの試食に来ないか？』

碧と星花がここにいるのは、大樹からそう誘われたからだ。

定休日なのでいろいろ研究していたのだろう。蓮《れん》と菜穂《なほ》にも声をかけたが、どちらも都合が悪くて来られなかったそうだ。

碧は講義、星花も高校の授業と部活があったが、せっかくの大樹の料理を食べ逃すなんてもったいない。用事が終わり次第、碧と星花は「ゆきうさぎ」に集合した。

　そして一時間前、母屋《おもや》に通された碧たちは、大樹がつくった何種類もの新作メニューを思うぞんぶん堪能《たんのう》した。お腹《なか》もふくれて満足し、いまは縁側で夕涼み（というほど涼しくもないのだが）をしている最中だ。

「あーあ、梅雨は嫌だね。体中ベッタベタで気持ち悪いし、ロッカーに隠してたお菓子はカビだらけだし」

「髪はうねって言うこと聞かないしねえ……」

　後頭部で結んでいた髪の毛先をいじりつつ、碧も小さなため息をつく。

「それにさ、雨降ってたら外で練習できないじゃん。部活、夏で引退なのに」

　言いながら、星花はこちらを見下ろしてくる。

　彼女は碧よりふたつ年下だが、身長は十五センチほど高い。兄の蓮に通じる整った容姿の持ち主なので、通っている女子校では人気がありそうだ。性格も明るくてさっぱりしているため、碧も好ましく思っている。

　受験生の星花は、部活はもうすぐ引退だ。

　高校を卒業したあとは、実家の桜屋洋菓子店を継ぐために、製菓学校に入って勉強すると決めている。

「屋内筋トレだけじゃつまんなーい。動き回りたーい」

星花は通学カバンの横に置いてあった、ラクロス用の細長いケースを抱きこんだ。その場にごろりと寝転がる。

「今日はひっさびさに外に出れたけど、明日からはまた雨でしょ？　はやく梅雨終わんないかなあ」

「梅雨のあとには夏到来だよ。今年も暑いみたいだよー」

「う……。それはそれでキツいけど、じめっとしてるよりはマシ！」

言い切ってごろごろと寝返りを打つ星花にかけられる、低い声。

「なんて格好してるんだ、星花」

「あ、大兄」

和室を突っ切って近づいてきたのは、丸盆を手にした大樹だった。

大きなお盆の上には、涼しげなガラスの器に盛りつけられた、真っ白なかき氷がふたりぶんのせられている。

「デザートだ！　さっきから蒸し暑くてさ、冷たいものが欲しかったんだよ」

ぱあっと顔を輝かせた星花が、はずみをつけて起き上がる。

碧たちの目の前までやってきた大樹は、渋い表情で星花を見下ろした。

「暑いからってだらしない格好で寝っ転がるな。あとスカートであぐらをかくな」

「いいじゃん別に。下にショートパンツ穿いてるし」

「そういう問題じゃない」

「えー？　なにそれ。大兄、口うるさいオジサンみたい」

（わわ。星花ちゃんなんてことを）

悪気なく言っているのだろうが、碧ははらはらしながら成り行きを見守る。

星花にとって、大樹は実兄の蓮とほぼ同じ位置づけにある存在だ。大樹にとっての星花も似たようなもので、お互いに対して遠慮がない。

「――いい度胸だな、星花」

ぴくりと頬《ほお》を引きつらせた大樹は、すぐに不敵な笑みを浮かべた。これみよがしにお盆を高く掲げる。

「そういうことを言うなら、このかき氷は俺とタマで食べることにする」

「えっ！　待って待って。ごめんなさいお兄さま！」

デザートの威力は絶大だ。星花はとたんに態度をひるがえし、背筋を伸ばしてその場に座り直した。

「これでいい？」

「よし」

うなずいた大樹が膝《ひざ》をつき、お盆を縁側の上に置いた。

器の上には雪が積もったかのような、ふんわりとした氷の山。

その隣にシロップらしき液体が入った、小型のガラスピッチャーが四つあった。別の小皿には小豆を煮たものが入っている。

「とりあえず、四種類にしてみた。定食みたいに一種類ずつ日替わりにする感じで」

「どれがどの味なんですか?」

碧がお盆をのぞきこむと、大樹はひとつひとつ指差して説明してくれる。

「赤いのは基本の苺《いちご》。こっちの白っぽいのはバナナ練乳。あとは蜂蜜《はちみつ》レモンと、甘さ控えめな宇治金時《うじきんとき》だよ。これ以上増やすかどうかは売れ行き次第だな」

「このシロップって、どれも手づくりなんですよね」

碧は赤いシロップが入ったピッチャーを手にとった。よく見れば市販のそれとは違ってとろみがあり、果肉が部分的に残っている。

「これは苺ジャムをベースにしてる」

「そういえば雪村さん、去年ジャムづくりにはまってましたよね」

大樹の手づくりジャムは、碧もおすそわけしてもらったことがある。

あのときもらったのは苺ではなく夏みかんだったけれど、ほどよい酸味があってやみつきになった。

「でも、いまの時期に苺って見当たらないんじゃないですか？　スーパーにもないし」

「そこはまあ、ちょっとした裏技を使って」

「裏技？」

「うちが一枚噛《か》んでるんだよ」

答えたのは大樹ではなく、ガラスの器を手にした星花だった。

「桜屋《うち》で仕入れてるケーキ用の苺を横流し……じゃなくて、いつもよりちょっとだけ多く頼んで、大兄が買い取るんだってさ。このまえお父さんと話つけてた」

「ああ、なるほど。桜屋なら独自の仕入れルートがあるもんね」

先代からの長いつき合いがあるからこそ、可能な方法だ。

碧はもうひとつの器を引き寄せた。キラキラと輝く氷の上に苺シロップをかけ、ひとさじすくって口に入れる。ひんやりとした感触が口内に広がった。

(わ、ちゃんと苺の味がする)

「市販のシロップよりも、ずっと自然な味ですね。甘酸っぱくておいしい」

「甘いほうがいいなら、好みで練乳をかけるっていう手もある」

「ああっ！　それはすっごく魅力的です。バニラアイスでもよさそう！」

「タマなら一瞬で平らげそうだな」

大樹は楽しそうに笑いながら、碧のかき氷にチューブ入りの練乳を垂らす。

「ほら、これも試してみろよ」

練乳がけ氷いちごの濃厚な甘みを味わう碧の横で、星花は抹茶《まっちゃ》シロップに小豆をのせた宇治金時を食べながら、「定番もいけるねぇ」と顔をほころばせた。

――今年の夏は、かき氷をデザートメニューの目玉にする。

大樹がそう決めたきっかけは、春先に蓮と一緒に行ったカフェだった。

そこで食べたかき氷がおいしかったので、夏の開始をめざしてひそかに研究を重ねてきたようだ。かき氷は意外に奥が深く、氷の原料や凍らせ方が違うだけで、味や食感も大きく変わっていくという。

六月もじきに終わろうとしている。かき氷のお披露目は七月一日だ。

「次はバナナ練乳にしようかなー」

碧がうきうきとシロップを選んでいたときだった。

庭からかすかな葉擦れの音が聞こえた。紫陽花の葉が不自然に揺れ、茶色の猫がひょいと顔を出す。

「あ！」

先月にも見かけた、愛らしいトラ猫だ。間を置かずして、その背後から当然のように武蔵《むさし》もあらわれた。

「あれー？　武蔵じゃん。めずらしく友だち連れて」

声をあげた星花が立ち上がる。

武蔵はその場に座ってしまったが、トラ猫はこちらに近づいてきた。碧の足にじゃれついてきたかと思うと、縁側の上に飛び乗ってしまう。

「虎次郎《こじろう》、だめだ。これはおまえのエサじゃない」

そばに置いてあった、苺シロップ入りのピッチャーをじっと見つめるトラ猫に、大樹が言い聞かせるような口調で告げる。

「コジロウ？」

「こいつの名前だよ。俺が勝手につけたんだけど」

大樹は虎次郎をやんわりと追い立てて、縁側から庭へと下ろす。それでも虎次郎は逃げることなく、今度は星花の足下にすり寄った。

「人なつっこい子だね。ほんとに武蔵の友だち？」

星花はその場にしゃがむと、その毛並みを撫《な》でまわす。

紫陽花の前に伏す武蔵は、星花が虎次郎のお腹や肉球をさわっても、悠然《ゆうぜん》とした態度を崩さない。ただ静かにこちらを見つめている。

「この子、実は武蔵の子どもだったりして」

「オスは子育てしないだろ」

「だってあの武蔵と一緒にいるんだよ。前から思ってたんだけど大兄、武蔵の性別知ってんの？　ちゃんと確認したわけ？」

星花の指摘に、大樹は「うっ」と言いよどむ。

「確認は……してないけど。体はでかいし、メスって雰囲気でもないし……」

「え、そうなんですか？　わたしてっきり知っていたのかと」

名前からオスだと思いこんでいたが、違う可能性もあるのだろうか。ぱっと見ただけでは、碧に猫の性別は見分けられない。

「第一、確認しようがないだろ。下手に近づけば引っかかれる」

「もしメスだったらどうすんの？　ムサ子《こ》にでも改名する？」

「なんだその適当な名前は……。武蔵は武蔵。オスでもメスでも関係ない」

言い切った大樹は、「そうだよな？」と目を向けた。しかし当の本人（猫だが）は、我関せずとばかりに大きなあくびをしている。

「どうでもいいって感じだねえ。――それにしてもムサシだのコジローだの、大兄の名づけセンスってどうしていつも時代劇なの」

「ほっとけ」

「あたしなら、もっといい名前つけてあげるけどなー。マカロンとかミルフィーユとかキャラメルとかプリンとか」

「それは星花が食べたいものだろ。だいたいそんな名前が似合うと思うか？　あの顔に」

碧たち三人の視線を受けて、武蔵はフッと鼻で笑った――気がした。

大樹や星花とかわす、気兼ねのないおしゃべり。そしてかたわらには甘くておいしいデザート。何気ないひとときが楽しくて、蒸し暑くても気にならない。

「ほら、早くしないと氷が溶ける。味見だ味見」

「あ、そうそう。バナナ練乳が気になってたんですよ」

(これからも、こうやってのんびりできる時間があるといいな)

いつの間にか日が暮れた空には、小さな星がひとつ輝いていた。


それから一週間ほどが経過した、六月末日。

夜の「ゆきうさぎ」は今日も、常連から一見《いちげん》まで、あちこちから集《つど》ったお客たちでにぎわっている。

「やっぱり暑いとビールの注文が多いですね」

店内は空調が効いているためわかりにくいが、外はだいぶ気温が高い。

碧が冷蔵庫を開けると、背後から大樹の声が聞こえてくる。

「ビアホールも盛況だろうな。雨だから屋外は無理だけど」

「ことみや玲沙《れいさ》と、そんな話になったんですよ。三人とも二十歳《はたち》になればビアガーデンに行きたいけど、今年の夏は無理だねって。わたしの誕生日が秋だから」

適度に冷やしたジョッキを取り出した碧は、瓶ビールの栓《せん》を抜く。

まずは高めの位置から勢いよく、泡を立てながら半分ほどを注いでいく。間を置いて落ち着かせたあと、今度は静かに少しずつ。最後は泡を崩さないように、縁からこぼれない程度にふくらませて完成だ。

(……よし、きれい!)

満足のいく仕上がりに、碧は小さくガッツポーズをとる。

「タマ、注ぎ方上手くなったよな。俺よりきれいなんじゃないか?」

「雪村さんにはかないませんよ。でも修業はしましたからね」

涼しげなジョッキと、よく冷えた金色のビール。そしてクリーミーな白い泡。ビールと泡の比率は、七対三もしくは八対二が望ましい。

この黄金比を習得するまでは大変だった。

ビール好きのお客は、見た目の美しさはもちろん、注ぎ方にもかなりこだわる。「ゆきうさぎ」には常連きってのビール通がいて、バイトをはじめたばかりのころは、グラスを持っていくたびに「違う、そうじゃない」と怒られた。

何度もダメ出しされたことが悔しくて、碧はひたすら練習を重ねた。

自分では飲めないので父につき合ってもらい、「しばらくビールは飲まなくてもいいな……」と遠い目で言われるまで続けた。

そしてある日、ようやく及第点をもらうことができたのだ。強面《こわもて》でいつも厳しいその人に、やるじゃないかと言われたときのよろこびと快感は忘れられない。

夏の定番、枝豆を塩茹《ゆ》でした碧は、お盆を手にやってきた菜穂にジョッキとお皿をのせたお盆を手渡した。

「ミケさん、お願いします」

「はーい。小上がりのお客さんですね」

菜穂の背中を見送り、ひと仕事終えた碧はふうと息をついた。

「お疲れ。だいたい波は引いたな」

「そうですね。一気に来たからびっくりしちゃった」

少し前に、団体のお客がどっと入ってきたため注文ラッシュになったのだ。そろそろ落ち着いただろうか。

厨房《ちゆうぼう》から出た碧が店内を見回すと、お客の前には最初の注文品がちゃんと行き渡っている。今後はぽつぽつと追加が入るだろうが、ピークは過ぎたと思う。

しばらく注文の声が飛び交っていた店内は、今はほどよくにぎわう程度だ。

「そういや大ちゃん、知ってるかい」

こちらが手すきになったところを見計らって、カウンター席でグラスをかたむけていた彰三《しようぞう》が話しかけてきた。グラスの中味はもちろん泡盛《あわもり》。四杯目なのでストレートだ。

「樋野《ひの》さんとこのマサが、こっちに帰ってきたんだよ」

(マサ?)

はじめて聞く名前に、碧はひそかに耳をすませた。

大樹は知り合いのようで、「そうなんですか」とおどろいている。

「え、神社のマサ兄……?」

彰三の隣から、なんとも頼りない声があがった。カウンターに突っ伏していた蓮が、のろのろと顔を上げる。

酒豪の彰三につき合って、強いお酒を連続で飲んでしまったため沈没していたのだが、完全に眠ってはいなかったようだ。

それでもどこかぼんやりしている彼に、大樹が声をかける。

「大丈夫か？　しじみ汁なら用意できるけど」

「んー……二日酔い対策に飲んでおこうかな。ってそれより彰三さん、マサ兄が帰ってきたって？」

「マジだぞ。しかも嫁さんと子どもつきだ」

「ええ……!?」

眠気が吹き飛んだのか、とろんとしていた蓮の目が大きく見開かれる。

「ああでも、よく考えてみれば十年近くたってるし、別におかしくは……」

「その子どもは今年の春に、小学校に入ったって言ってたな」

「えええ……!?　マサ兄ってたしか、まだ三十くらいじゃなかったっけ。いつの間にそんな大きな子が」

「七年前に生まれりゃ、小学校にも上がるだろうよ」

さらりと言った彰三は、グラスの中味を一気にあおる。

空になったグラスを下げた大樹が、注文された鯵《あじ》のたたきを差し出しながらたずねる。

「彰三さんはマサさんに会ったんですか?」

「おととい、境内《けいだい》を散歩してたらバッタリな。マサとその娘が、やたらと人なつっこい猫と遊んでたんだよ。ほれ、最近大ちゃんの家に来るっていうトラ猫」

「ああ、虎次郎ですね」

「そんで話したら、親父さんと和解して戻る予定だとか。娘の学校があるから、引っ越すのは夏休みに入ったあとみたいだけどな」

「なるほど……」

大樹と蓮が、感慨深げな顔になる。

碧にはよくわからない話なので蚊帳《かや》の外だったが、いまさら口を挟むのもためらってしまう。すると、ふいに「あのー」という声が聞こえてきた。

「その『マサさん』って、どういった方なんでしょうか」

(ミケさん、ナイス!)

彰三と蓮がふり向くと、そこにはお盆を抱えた菜穂が立っていた。彼女も実は、こっそり彼らの話を聞いていたのだ。

「うわ、なにミケさん、いつからそこに。気配なかったけど?」

のけぞる蓮に、菜穂は「酔ってるから気づかなかっただけでしょう」と答える。

「いきなりすみません。気になったものでつい」

「ああ、姉ちゃんたちは知らねえか。だいぶ前のことだしな」

彰三は気を悪くした様子もなく、あっさり教えてくれた。

「マサってのは、樋野雅晴《まさはる》。そこの神社の息子だよ」

彰三の家の近くにあり、碧たちが初詣《はつもうで》に行ったこともある樋野神社。

商売繁盛《はんじょう》と縁結びのご利益がある神を祀《まつ》っていて、「ゆきうさぎ」や桜屋洋菓子店は毎年祈禱《きとう》してもらっている。雅晴はそこの宮司《ぐうじ》のひとり息子で、生まれたときからこの町に住んでいる蓮は、幼いころは年上の彼によく遊んでもらったという。

成長した雅晴は、神職の資格をとるために神道《しんとう》系の大学に進んだ。しかし父親との仲たがいが原因で、卒業後に家を出てしまったそうだ。

(……デジャヴ?)

碧は思っても口にしなかったが、菜穂はずばりと言った。

「それと似た状況だった人が、すぐ近くにいるような。そこで酔いつぶれてる誰かさんとか……」

「つぶれてないから。……かろうじて」

すかさず返した蓮が、「言われると思った」とため息をつく。

彼は去年、数年間修業していたフランスから帰国した。蓮もまた、渡仏する前は父親と意見の相違で言い争い、家を出てしまったのだ。父親とはすでに和解して、ときどきケンカをしながらも、現在はそれなりに良好な関係を保っているらしい。

去年の夏はまだ、菜穂は「ゆきうさぎ」にはいなかったが、星花から一通りの話は聞いているのだ。

「それに、俺は三年ちょっとで帰ってきてるし。マサ兄は七年？　いや八年か。和解まで俺の倍以上かかってる」

「年月の問題じゃねえっての。まったく」

妙な言いわけを並び立てる蓮の頭を、彰三が軽く小突いた。

「しかしこのところ、夏は誰かしらが帰ってくるな。去年はレンで今年はマサか」

「いや、俺は別に実家に戻ったわけじゃないから。たまにこっちに来るだけで……」

蓮の言葉にとり合う者は誰もいない。彼は拗《す》ねたようにそっぽを向き、大樹がつくったしじみの味噌汁《みそしる》をすすりはじめる。

「――なにはともあれ、マサが戻ってきてくれてよかったよ。これで宮司さんも安心できるだろ」

新鮮な鯵のたたきをつまみながら、彰三が機嫌よく言った。

「しかも孫まで一緒に来てくれるってんだからな。神様もよろこぶってもんよ」

そんな彰三の姿を見た碧は、大樹に問いかけてみる。

「雪村さんも、蓮さんみたいにその……雅晴さん？　と仲がよかったんですか？」

「そうだな……」

大樹は昔を思い出すように、宙に視線をさまよわせた。

「俺がこっちに住みはじめたのは八年前の春で、ちょうどマサさんと入れ違いだったんだよ。子どものころは毎年、夏休みはこっちに来てたから、そのときに蓮と一緒に遊んでもらったことはあるけど」

「そうなんですか」

「家業が忙しいから、夏休みになってもどこにも連れていってもらえなくてさ。それじゃつまらないだろうって、先代たちが俺と弟をこっちに呼んでくれたんだよ」

大樹たちを呼び寄せた彼らの祖父母は、桜屋洋菓子店や樋野神社を回って、比較的歳《とし》の近い遊び相手――蓮や雅晴と引き合わせてくれたそうだ。

「マサさんはまあ、子ども時代の兄貴分ってところかな。先代とはもっと親しかったんじゃないか。大学時代はよくうちに食べに来てたみたいだし」

大樹が言葉を切ったとき、テーブル席から注文の声が飛んできた。すかさず菜穂が対応すると、今度は座敷のほうからも呼び出しがかかる。

「わたしが行きますね」

カウンターの外側に出た碧は、伝票を手に座敷へと向かう。

ふたたび忙しくなったため、話はそこで流れてしまった。


――かき氷はじめました――


一夜明けた七月一日。試作を重ねたデザートがついにお披露目となった。

前日の閉店後、大樹は店内と外の壁に、新メニューを知らせるポスターを貼った。

巧みな色づかいで、赤い氷いちごのイラストを描いたのは菜穂だ。彼女は意外に絵が上手く、かけもちバイト先の書店でもＰＯＰ職人として活躍している。

「うん。いかにも夏！　って感じですね」

今日は午後から講義がある。大学に向かう前、昼食をとるために「ゆきうさぎ」に入った碧は、日替わり定食の生姜《しょうが》焼きに舌鼓《したつづみ》を打ちながらポスターに目を向けた。まだ誰もお客がいないので、広い四人席をひとり占めだ。

『いい肉を仕入れたから期待してろよ』

できたての生姜焼きは、大樹が自信を持って言っただけあって、やわらかくて食感がよかった。タレもよくなじんでいて、ほかほかの白いご飯におそろしいほどよく合う。

(もっとお代わりしたいけど、お腹がいっぱいになると眠くなるし……)

講義に集中できなくなるのはまずい。碧は涙をのんで我慢する。

(ここは二杯でとどめておこう)

「季節感は大事だからな」

厨房から出てきた大樹が、悦に入ったような表情でポスターを見つめた。その顔から察するに、だいぶ気に入っているようだ。

大樹が言うように、お品書きに季節を取り入れるのは大事なことだ。代わり映えのしないメニューでは飽きられてしまうし、面白味もない。

長く愛されている定番をたいせつにしながら、旬の食材を使った料理や新メニューを定期的に入れていく。そうやって目新しさと季節感を演出していた。器やグラス、料理の下に敷く皆敷《かいしき》にも凝《こ》っているので、そこでお客の目を楽しませることもできる。

「初日のシロップは苺ですよね」

「ああ。やっぱり最初は基本がいいだろ」

大樹にとってのかき氷とは、イコール苺味らしい。

たしかに一般的にも、そのようなイメージはある気がする。真っ白な氷の山にかかる苺シロップの赤は、コントラストもはっきりしていて印象的だ。

(雪村さん、準備も楽しそうだったし。どのシロップもおいしかったから)

――人気が出るといいなあ……。

その後、かき氷はめでたく好評となり、特にランチタイムのお客に受けた。

やはり日中は暑いので、冷たいものが欲しくなるのだろう。女性はもちろん、甘いもの好きの男性客からもよろこばれた。大樹はこの新メニューのために、業務用の電動かき氷機を購入していたが、このぶんだとすぐに元がとれそうだ。

梅雨が終わって気温が高い日が続くようになると、かき氷は常に一定数が売れるようになった。一番人気はやはり苺で、新顔のお客の中には、これを求めて通ってくれる人もあらわれはじめた。

そして、七月下旬のある日。

大学は夏休みに入り、碧はランチタイムにも働けるようになっていた。店の前の乾いた歩道に打ち水をしていたとき――

(あ、人が来る)

駅方面に向かって、和服姿の大柄な男性と、彼と手をつなぎながら歩く小さな女の子が近づいてきた。手を止めた碧は少し後ろに下がり、道を開けようとする。

しかし彼らは通り過ぎることなく、碧の前で足を止めた。

「こんにちは。『ゆきうさぎ』の方ですか?」

「はい……」

(お、大きい……)

遠目からでもわかっていたが、目の前に立つ男性は、ラガーマンと言われても納得できるような立派な体軀《たいく》の持ち主だった。小柄な碧がうっかりぶつかりでもした日には、思いきりはじき飛ばされてしまいそうな感じだ。

硬そうな黒髪はさっぱりと刈りこまれ、藍《あい》色の着物を粋《いき》に着流している。その立ち姿には迫力があるけれど、意外に顔立ちは柔和で優しそうだった。

微笑《ほほえ》んだ男性は、その視線を碧の顔から、吊《つ》り下がっている暖簾《のれん》に移す。

「店、開いてます?」

「あ、はい。いらっしゃいませ!」

お客と知るや、碧はあわてて頭を下げた。間もなく開店時刻だ。

「パパー。おなかすいた」

男性の隣に立つ少女が、つないでいる手をぐいぐいと引いた。

着ているTシャツにプリントされていたのは、玲沙もお気に入りの猫キャラを、子ども向けにアレンジしたもの。下にはショートパンツを穿いていて、ピンクの地に白い水玉模様のキャップをかぶっている。

パパというからには親子なのだろうが、顔の造作はあまり似てない。つぶらな瞳とふっくらした頬が愛らしく、天然パーマであろうふわふわした髪は、肩より少し上で切りそろえられていた。

「もうすぐ食べられるから。ここのご飯は美味《うま》いぞー」

男性は娘と仲良く手をつなぎながら、碧が開けた格子《こうし》戸をくぐる。

「いらっしゃいませ……」

声をかけた大樹が一瞬、虚を衝かれたような顔になった。数秒の間を置いてから、ふたたび口を開く。

「……マサさん?」

「あ、憶《おぼ》えててくれたのか。久しぶり」

軽く手を上げた男性――雅晴は、ゆっくりとカウンターに歩み寄る。

「このまえ彰三さんから聞いたよ。女将さんが亡くなったあと、店を継いだって。まさか大樹が小料理屋の大将になるなんて、世の中わからないもんだな」

「大将だなんて大げさな。ただの店主だよ」

「謙遜《けんそん》するなって。女将さんがいないのは残念だけど、店がいまも続いていてよかった」

女将の写真が飾られているフォトフレームに気がついた彼は、一瞬なつかしそうに目を細め、軽く会釈した。大樹に向き直ると「それにしても」と続ける。

「大樹、風格出たなぁ……。八年前はほんと、ただの新人バイトって感じだったのに」

雅晴はしみじみとした表情で大樹を見つめた。

以前、常連の花嶋《はなしま》も同じようなことを言っていたが、いったいどんな様子だったのだろう。いまの碧よりも年下の大樹――なかなか想像がつかない。

(雪村さん、そのころのことはあんまり話さないし)

訊《き》かれるのが嫌だというわけでもないのだろうが、未熟な時代のことをすすんで話す気にはなれないのかもしれない。

「――っと、そうだ。娘を紹介しないとな」

腰をかがめた雅晴は、きょとんとしていた少女の背中を軽く叩いた。

「トモ、お兄さんたちにご挨拶《あいさつ》しよう」

うなずいた少女は、物怖《ものお》じすることなく前に出る。

「ひのともかです。はじめまして！」

はきはきとした声で言うと、大樹と碧に向けてしっかりお辞儀をする。

（小学一年生だったっけ。元気そうな子だなぁ）

小料理屋がめずらしいのだろう。朋夏《ともか》と名乗った少女は好奇心にあふれた表情で、きょろきょろと店内を見回している。その視線が壁に貼られたポスターをとらえると、彼女は勢いよく父親をふり返った。

「かき氷！　わたしかき氷が食べたい！」

「それもいいけど、先にご飯を食べようか。パパは腹が減って死にそうだ……」

朋夏は「いますぐ食べたいのにー」と不満そうに頬をふくらませたが、それ以上文句は言わなかった。テーブル席に腰かけた父親の向かいにちょこんと座る。

碧がお品書きを渡すと、親子は顔をつき合わせてのぞきこんだ。むずかしい漢字がまだ読めない娘に、雅晴がひとつひとつメニューを読み上げていく。

「トモー、どれにする？　って言っても、トモが好きそうなのは玉子丼とから揚げくらいだけど」

「からあげがいいな。パパも好きでしょ？」

「お、パパのことも考えてくれるのか。トモはいい子だなあ」

「だってわたし、お姉さんになったんだもん」

朋夏は得意げに、ふふんと胸をそらした。料理を待つ間も、雅晴は娘のおしゃべりに笑顔でつき合ってあげている。

「ああこれ。この味だよ。なつかしいな」

注文のから揚げ定食ができあがると、雅晴は上品な作法で――しかしかなりのスピードで平らげていった。酸味が強いものが好きなのか、添えてあるレモンをこれでもかとばかりに搾《しぼ》って、から揚げにかけている。

一方の朋夏は、まだ大人ひとりぶんは食べられないということで、父親のおかずを分けてもらっていた。ご飯は小さなお茶碗に盛り、お味噌汁も別に用意している。年齢のわりに箸《はし》の持ち方がきれいで、きちんと躾《しつ》けられていることがうかがえた。

「ポテトサラダ、ママがつくるのよりおいしい。からあげも」

「それ、ママに言っちゃダメだからな」

食べている合間にかわされる会話が、なんとも微笑ましい。

食後は朋夏お待ちかねのかき氷だったが、今日の日替わりはバナナ練乳だった。朋夏は苺味が食べたかったようで、しゅんと肩を落とす。

「イチゴ……」

「トモ、バナナも好きだろう。苺は次までとっておきなさい」

「お兄ちゃん、次はぜったいイチゴにしてね！」

つくり手の大樹に念を押した朋夏は、ガラスの器に入ったバナナ練乳のかき氷を口にする。幸いそちらも気に入ったらしく、嬉《うれ》しそうに食べはじめた。

「マサさん、すっかり『お父さん』だな」

テーブル席からカウンター席に移動してきた雅晴に、大樹が感慨深げに言った。

雅晴は夢中になってかき氷を食べる娘の姿を見ながら、へらりと笑う。

「我が子ながら可愛《かわい》いよなあ……。女の子はほんとに可愛い。親バカと言いたければ言うがいい」

「いや、言わないって」

(デレデレだ……)

見るもあらわな溺愛《できあい》ぶりに、碧と大樹は顔を見合わせて笑いを押し殺す。本当に朋夏が可愛くてしかたがないのだろう。

「もちろん、男の子も同じくらい可愛いよ。実はちょっと前にふたり目が生まれてさ」

「え、そうなのか。おめでとう」

「夏の間は奥さんの実家で世話になるから、まだこっちには来てないんだけどな」

俺とトモは先発隊なんだと、雅晴は楽しそうに笑った。

それから彼は、これまでのことについて簡単に語りはじめる。碧が聞いていいのかと思ったが、別にかまわないようだった。

雅晴は父親に結婚を反対されたことが原因で家を出て、いまの奥さんと一緒になった。就職して隣の市に移り住み、一年後に朋夏が生まれたという。

「そんなことがあったのか……」

「反対の理由は、親が相手を気に入らなかったとかじゃなくてな」

当時の雅晴には、父親がすすめている縁談があった。それを蹴《け》った形になったため、父親が激怒したそうだ。

（いまでもあるんだ……。そういう話）

碧の身近では聞いたことがなかったので、なんとも不思議な気分になる。

「相手はうちより大きな神社の娘、だったかな。まだ完全な決定じゃなかったから、断ってもそんなに迷惑になることはなかったんだけど、父は納得してくれなくてさ」

「それでケンカに？」

「昔ながらの人というか、子どもは親の言うことを聞いて当然、みたいな人だったから。とはいえ、言いなりには絶対になりたくなくて」

雅晴は困り顔で肩をすくめた。

それから八年。実家とは連絡が途絶えていたようだが、つい最近になって父親から和解の申し入れが来たという。

老いたことで考えをあらためたのか、はたまた孫娘会いたさからなのか。どちらにしても、久しぶりに会った父親はずいぶん丸くなっていたと雅晴は語った。

「奥さんに対しても謝罪して、ちゃんと認めてくれたからよかったよ」

「そうか。だからこっちに戻ってきたんだな」

「ああ。神社を継ぐこと自体が嫌なわけじゃなかったから。なにはともあれ、和解できてほっとした。このまま一生会わずじまいなのもどうかと思ってたから」

雅晴が話を終えたとき、朋夏もかき氷を食べ終わった。

「ごちそうさまでしたー」

「よし。じゃあそろそろ帰ろうか」

立ち上がった雅晴は、着物の袂《たもと》から二つ折りの財布をとり出した。

支払いをすませると、来たときと同じように朋夏と手をつなぎ、出入り口へと向かう。

「せっかく引っ越してきたんだし、またちょくちょく通わせてもらうよ」

「お兄ちゃん、次はイチゴだよ。わすれないでね」

ひらひらと手をふった朋夏は、はずむような足取りで帰っていく。

「……すごく可愛い親子だったなあ。朋夏ちゃん、お父さんが大好きみたいだし」

「マサさんの見た目はゴツいけどな」

「だからほのぼのして見えるのかも。新しい常連さんが増えてよかったですね」

大樹がそうだなと笑ったとき、次のお客がやってきた。


それから数日後の、八月一日。

ランチタイムの営業を終えた碧と大樹は、ふたりで樋野神社に足を運んだ。

「今日も暑いですねー……」

「最高気温、三十六度だからな……」

碧は斜めがけにしていたショルダーバッグから取り出したハンカチで、顎《あご》をしたたる汗を拭《ぬぐ》う。日傘を差してはいるけれど、気が遠くなりそうだ。

隣を歩く大樹は寒さには強いが、暑さには弱い。そこはかとなく目がうつろだ。

「雪村さん、大丈夫ですか？」

「たぶん」

めずらしく頼りない返事をした大樹は、手にしていたペットボトルの水を口に含む。

「お参りが終わったら、どこかで休みましょう。倒れたら大変」

「ああ……」

そんなことを話しながら、碧は大樹と並んで鳥居をくぐった。

鬱蒼《うっそう》とした木々に囲まれた樋野神社は、数百年の歴史があると言われている。

ほかの神社と違うのは、狛犬《こまいぬ》ではなく狛兎《こまうさぎ》がいることだろう。この町には昔、とある貧しい夫婦が助けたうさぎが、後《のち》に彼らに富をもたらしたという伝説が残っている。それ以降、うさぎは神の遣いとしてあがめられるようになったとか。

(だから『ゆきうさぎ』はすごく縁起のいい名前なんだよね)

女将の時代からの習慣で、大樹は年に一度、初穂料《はつほりょう》をおさめて商売繁盛の祈禱をしてもらっている。それ以外にも月に一度はこうして出向き、お参りをしているのだ。

拝殿の前までたどり着くと、碧と大樹はお賽銭《さいせん》を入れて鈴を鳴らした。二拝二拍手一拝の正しい作法で拝礼する。

――今月も「ゆきうさぎ」が安泰でありますように。

お参りを終えた碧たちは、木陰に置いてあるベンチで休憩することにした。並んで腰かけ、ひと息つく。

「そういえば、今週は花火大会がありましたよね」

「ああ、土曜だったたな」

碧たちが住む町では、毎年八月に河川敷で小規模な花火大会が行われる。

そしてちょうど同じ時期には、樋野神社で縁日も開かれるのだ。

どちらもこの町では夏休み最大の娯楽で、当日には近所の子どもたちはもちろん、周辺に住む人々も集まってにぎやかになる。

「花火か……。ここ何年かは見たことないな」

飲み終えたペットボトルから口を離し、ふと大樹がつぶやいた。

「お店があるからですか?」

「祭りの日は人出も多くなるしな。稼ぎ時なのに、店閉めてのんびり花火を見に行くわけにもいかないだろ」

「ですよね……」

碧も去年は大樹を手伝って、「ゆきうさぎ」で働いていた。

店内にいても花火が打ち上がる音はわずかに聞こえたが、その日は忙しくてそれどころではなかった。普段よりもお客が多く、混み合っていたからだ。

——花火大会かぁ……。

（一度でいいから、雪村さんと一緒に行けたらな）

そうは思ったものの、本音は隠して別の言葉を口にする。

「今年はミケさんも入ってくれるんですよね。三人ならなんとかなりそう」

「せっかくの祭りなのに仕事させて悪いな」

「なに言ってるんですか。稼ぎ時なんだからがんばりましょう」

碧がこぶしを握りしめると、大樹は「そうだな」と笑った。

「さてと、戻るか。夜の仕込みもしないといけないし」

休憩を終え、ふたたび並んで歩き出すと、参道の脇にある手水舎《ちょうずや》に数匹の猫が集まっていた。水盤から柄杓《ひしゃく》で汲《く》んだ水をお皿に入れて、猫たちに与えているのは――

「朋夏ちゃん」

碧が声をかけると、顔を上げた朋夏は一瞬きょとんとしたが、すぐに笑顔になる。

「あ、かき氷屋のお兄ちゃんたち」

どうやら彼女の中では、大樹は小料理屋ではなくかき氷屋の店主になってしまっているようだった。きっとそちらの印象のほうが強かったのだろう。

「いまね、トラちゃんたちにお水あげたんだ」

「トラちゃん？」

朋夏は「この子」と言って、小さな舌を出して水を飲む虎次郎の体を撫でた。

いつも一緒にいる武蔵の姿は見当たらず、代わりに神社をねぐらにしていると思われる猫たちが集まっていた。虎次郎を含めて七匹。黒猫に白猫、三毛にトラなど、色合いもさまざまだ。

「朋夏ちゃん、猫好きなの？」

「うん。でもパパとママは飼えないよって。うちマンションだったから」

けれどここには、たくさんの猫がいる。虎次郎を筆頭に、神社の猫たちはみな人に馴れているせいか、愛想《あいそ》がよい。

「そっか。なら引っ越してきてよかったね」

しかし彼女は、碧の言葉に表情を曇《くも》らせた。ぽつりと言葉が漏《も》れる。

「でも、ちょっとつまんないかも……。トラちゃんたち、かわいいけどおしゃべりできないし。友だちと遊びたいな」

転居したので、朋夏は新学期から新しい小学校に通うことになっている。

前の学校の友だちと別れるのはつらかっただろうし、まだ新しい学校に行っていないから、近くに親しい子もいない。家族と猫たちはかまってくれるだろうが、長い休みを持て余しているような雰囲気だ。

――夏休み中に、何か楽しいことでもあれば……。

「そうだ、朋夏ちゃん。もう少ししたら花火大会があるんだけど、知ってる?」

「花火?」

「この近くでやるんだよ。お父さんに頼んだら、連れていってくれるかも」

「いや……。無理じゃないか」

聞こえてきたのは、隣に立つ大樹の声だった。どうしてですかと訊くと、彼は朋夏の表情をうかがいながら答える。

「今年の花火大会は、神社の縁日と重なるんだよ。マサさんも駆り出されるから……」

「あ……」

言われてみればそうだ。余計なことを言ってしまったとうろたえる。

「朋夏ちゃん、ごめんね……」

「いいよ。パパ、お仕事なんでしょ? しかたないよね」

碧が言葉を探していたとき、背後から朋夏を呼ぶ声が聞こえた。ふり向くと、巫女《みこ》装《しょう》束《ぞく》に身を包んだ六十歳くらいの女性が手招きしている。

「おばあちゃんだ」

碧たちに「またね」と言った朋夏は、祖母のもとへと駆けていった。

朋夏の祖母は近づいてきた孫娘に優しく微笑みかけると、碧たちに向けて会釈する。ふたりは何事か話しながら、一緒に社務所のほうへと歩いていった。

「よかった。おばあさんたちとも仲良くやれてるみたいですね」

「そうだな」

遠ざかる朋夏の姿を見つめながら、碧が心配していたのはさきほどの言葉だった。

(朋夏ちゃん、あんまり気にしてなければいいいんだけど……)


週末は、いよいよ花火大会の当日だった。

小規模とはいえ、町を挙げてのイベントである。数年前からは隼人《はやと》の会社が企画運営を代行しているそうで、以前よりも段取りがよくなったと評判だった。集客数も増え、会場周辺の飲食店の売れ行きもよくなったというのだからさすがだ。

(わ、きれいだな)

夕方に出勤する途中、碧は浴衣姿の若い女性たちとすれ違った。

花火大会か、それとも縁日に行くのだろうか。手にしているちりめんの巾着《きんちゃく》が、色あざやかで可愛かった。

碧は和装に縁がない。浴衣は小学五年生のときに母に着つけてもらったのが最後だ。たしかあのときは、学校の友だちと盆踊りに行ったのだったか。

興味が薄くても、誰かがきれいに着こなしているのを目にすると、やはりうらやましくなってくる。

(まあ、着てみたいなーとは思っても、まずは買いに行かなきゃいけないんだけど)

商店が立ち並ぶ通りは、普段よりも行き交う人が多かった。駅から河川敷へ、または神社に向かって人が流れている。

そこはかとなくただよう熱気と、商店街全体を包む活気。お祭りに参加するわけでもないのに、碧の心もはずんでくる。

「――お。はじまったかねえ」

開店してしばらく経ったころ、カウンター席で焼き穴子の卵とじをつついていた彰三がつぶやいた。右隣に座っていた花嶋が首をかしげる。

「花火ですか？　俺には何も聞こえなかったけど……。玉木《たまき》さんは？」

「いや、私も聞き逃しましたね」

彰三を挟んだ左側には、碧の父が腰かけている。

グラスに入っているのは、最近のお気に入りである山廃《やまはい》仕込みだ。昔ながらの製法でつくられた日本酒で、重厚でコクがある味がくせになるのだという。

（常連トリオが勢ぞろい……）

休日なので、彰三はもちろん、父と花嶋もラフな私服姿だ。

父は少し前まで、自宅で晩酌《ばんしゃく》しながらぼんやりテレビを観ていたそうだが、暇なら来いよと彰三に呼び出された。彰三さんはいつも唐突なんだよと言いつつも、暖簾をくぐってあらわれた父の顔はほころんでいた。

「彰三さんは耳がいいですね」

「浩《こう》ちゃんたちが鈍いんじゃねえの。ほれ、もう一発きた」

「あ、いまのは聞こえた。けど俺たち、花火よりも酒のほうがいいですからねー」

「人混みは満員電車だけでじゅうぶんですよ……」

そんな夢のないことを話しながら、常連トリオは大樹の料理を肴《さかな》にまったりとくつろいでいる。

店内は満席に近いが、そのほとんどは一見ではなく常連だ。こういった日はやはり心が騒ぐのか、なんとなく外に出たい気分になるらしい。かといって花火にも縁日にも興味がない常連たちが向かう先が、通い慣れた「ゆきうさぎ」というわけだ。

「鮪《まぐろ》のお造り、お待たせしましたー」

碧が父の前に平皿を置くと、彰三が「いい色だねえ」とのぞきこむ。

「そういや嬢ちゃん、こういう魚の切り身のことを、なんで刺身って呼ぶようになったか知ってるかい」

「え？　聞いたことないですね」

碧が首をかしげると、酔った彰三が得意げに話しはじめる。

「『切る』って言葉が切腹を連想させて、お武家さんに忌み嫌われたからだよ。縁起が悪いと思われたんだな。刺すのはいいんかって気もするけど」

「なるほど。それがいまでも定着してるんですね」

箸でつまんだ刺身にわさびと醤油《しょうゆ》をつけながら、父が口を挟む。

「ちなみにお造りも同じ意味だけど、刺身よりは上品に聞こえるな。料亭とかだとそっちのほうが好まれるみたいだよ。関西でもそうだね」

ジョッキのビールを飲み干した花嶋も、嬉々として話に割りこんでくる。

「鏡開きもですよ！　あれは切っちゃいけない、割るんだよ。もとは武家の風習だったからね。でも『割る』っていうのも縁起が悪いから、『開く』になったとか」

「鰻《うなぎ》にも言えますよ。関東は背開きです。腹からは開きません」

最後に大樹が言い添えた。

流れるような会話に、碧は感嘆のため息をつく。

「みなさんよくご存じですねえ……」

「こういった蘊蓄《うんちく》は、酒の席じゃいい肴になるんだよ。話のタネにもできるしな」

大樹が言う。たしかにその通りだ。

(何も知らないのも恥ずかしいし、わたしもちょっと調べてみようかな)

「おーい大ちゃん、お代わりくれや」

「彰三さん、今日はペース速くないですか?」

大樹が酒瓶に手を伸ばしたときだった。

格子戸が、壊れるかと思うほどの勢いで開いた。店内にいた人々の視線が集中する。

「トモ、いるか!」

「マサさん?」

息せき切って飛びこんできたのは雅晴だった。普段の柔和な表情は崩れ、険しい顔になっている彼は、血走った目つきで店内を見回した。

「ここでもないのか……」

その尋常でない様子に、周囲がざわめいた。明らかに何かあったと思われる。

「どうしたんですか、マサさん」

大樹が問うと、青ざめた雅晴が切羽詰《せっぱつ》まった声を出す。

「トモが……。うちの子がどこにもいないんだ」


「それじゃ俺たちはこっちに行くので、玉木さんたちは向こうをお願いします」

「ええ。あとで合流しましょう」

「タマさん、暗いから気をつけてくださいね」

「ミケさんも」

遠ざかる花嶋と菜穂の背中を見送ると、碧は隣に立つ父を見上げた。

「お父さん……。朋夏ちゃん、ほんとにひとりで花火大会に行ったのかな」

「わからないけど、可能性があるなら捜そう。引っ越してきたばかりなら土地勘もないだろうし、どこかで迷っているのかもしれない」

朋夏が姿を消してしまった。

血相を変えて「ゆきうさぎ」に飛びこんできた雅晴は、そう言った。

縁日が行われている間は、神社には多くの人が押し寄せる。雅晴たちは仕事があるので朋夏の面倒を見ることはできず、縁日が終わるまでは自宅から出ないよう言いつけておいたそうだ。朋夏は縁日を見たがっていたが、いくら敷地内とはいえ、七歳の子をひとりで出歩かせるわけにはいかない。

しかし途中で様子を見に戻ったとき、朋夏の姿はどこにもなかったという。

『まさか……言いたくないけどその、誘拐とか？』

大樹は深刻な顔になったが、雅晴は首を横にふった。

『玄関に鍵がかけてあったから、たぶん自分で外に出たんだと思う。スペアキーが決まった場所に置いてあったし、あの子でも持ち出せる』

朋夏がみずから外に出た。雅晴にはそう思うような心当たりもあった。

数日前、花火大会があることを知った朋夏は、雅晴に行きたいとねだったらしい。

『パパ、いっしょに行こうよ。わたし大きな花火見てみたい』

連れてはいけないと答えたときは、がっくりと肩を落としていた。残念がっていたけれど、そのときは納得したように見えたそうだが……。

どうしても行きたくなって、ひとりで外に出てしまった可能性があるというのだ。

(もう日だって暮れてるのに)

樋野神社から河川敷まではさほど遠くはないが、途中の道が入り組んでいるので、慣れていないと大人でも迷う場合がある。不慣れな子どもならなおさらだ。

『すぐに捜しましょう。私たちが行きます』

周囲を捜索するために、碧の父と花嶋が外に出た。ほかにも数人、心配した常連客が力を貸してくれている。

腰の悪い彰三は動き回れず、店主の大樹も店から離れられない。代わりに碧と菜穂が手伝うことになり、父たちと協力しながら朋夏を捜している。

花火大会の会場である河川敷には、朋夏の姿は見当たらなかった。縁日が行われている境内にもいなかった。もしかしたらどこかで迷子になっているのかもしれないと、現在は手分けをして細い路地を見て回っている。

「これで見つからなかったら……」

「そのときは警察に届けないと。このあたりにもいなかったら、そうするしかない」

(どうしよう。わたしがあのとき、余計なこと言ったから)

碧は震える手をぎゅっと握りしめた。

口ではしかたないと言っても、本当は花火を見たくてたまらなかったのだろう。しっかりしているように見えるが、朋夏はまだ七歳なのだ。衝動を抑えられずに無謀な行動に出てしまっても不思議ではない。

反省はあとで、いくらでもできる。いまは朋夏を見つけるのが先だ。

花火の音はひっきりなしに聞こえているが、この位置からは見えない。大通りからはずれ、似たような家が立ち並ぶ裏道に入っているので、自分たち以外の人の気配は感じられなかった。

──どうか無事に見つかりますように。

祈るような思いで次の路地に入ったときだった。

一軒の家の庭で、がさりという音がした。碧が肩を震わせたと同時に、柵の隙間から黒い何かが目の前に飛び出してくる。

「わっ⁉」

おどろいた碧は、思わず父の腕にしがみついた。地面にふわりと着地したその生き物を見て、眼鏡を押し上げた父が「あれ？」と声をあげる。

「武蔵……？」

「えっ」

街灯に照らし出されていたのは、見間違えるはずもない、武蔵の大きな体だった。

碧は目を疑った。縄張《なわば》りからはずれているのに、なぜここに。

しかも偶然会ったというよりは、碧たちがここにいることを知っていて、追いかけてきたような雰囲気だった。

（まさかそんな。でも……）

考えがまとまらず、ぼうぜんとしていると、武蔵は固まっている碧たちのもとへ近づいてきた。父が穿いているズボンの裾《すそ》をくわえて、ぐいと引っぱる。

「ついてこい、って言いたいのかな」

「たぶん……」

顔を見合わせた碧と父は、お互いがおそらく同じことを考えていると悟った。なんとなく予感のようなものがあったのだ。

裾から口を離した武蔵は、早足で歩き出した。碧たちは黙ってそのあとを追う。

武蔵は迷う様子もなく、いくつかの角を曲がり、さらに奥に入っていく。やがて見えてきたのは、小さな公園だった。

静かな敷地の中から聞こえてくるのは、ぐすぐすと鼻をすするような音。

切れかけた街灯の下に置かれたベンチに座って、小さな女の子が茶色の猫——虎次郎を抱きしめながら泣いている。

「朋夏ちゃん！」

碧の呼びかけに、朋夏は飛び上がらんばかりにおどろいた。

泣きはらした目をこちらに向け、自分の名前を呼んだのが顔見知りであることに気がつくと、安堵《あんど》したのかさらにぼろぼろと涙をこぼす。

（無事でよかった……！）

「碧、あの子がそうなのか」

朋夏の顔を直接は知らない父がたずねてくる。そうだと言うと、携帯を取り出した父が電話をかけはじめた。

「ああ、大ちゃん。いま見つかったから、すぐにお父さんに連絡を──」

朋夏のもとに駆け寄った碧は、膝をついて彼女の顔を見上げた。

「もう大丈夫だからね。朋夏ちゃんのパパにも電話するから」

「……うん」

小さく答えた朋夏が、かすかにうなずく。

彼女にぬくもりを与えるかのように、おとなしく腕に抱かれていた虎次郎が、涙に濡れたその顎をぺろりと舐《な》めた。


それから間もなくして、朋夏は迎えに飛んできた雅晴と再会した。

「トモ！」

大きく腕を広げた雅晴は、いまにも泣き出しそうな表情で、小さな娘をぎゅうっと抱きしめた。よかったと何度もつぶやいたが、今度は目を吊り上げて、なぜ勝手に外に出たのかと雷《かみなり》も落としたのだった。

「だって花火が見たかったんだもん……」

叱られてふたたび泣いた朋夏は、やはり花火大会に未練があった。

はじめは縁日が見たくて、こっそり境内に行ったのだという。少しだけ楽しんですぐに戻るつもりが、打ち上がった花火の音を聞き、やはり近くで見たくなって神社を出てしまったようだった。

そしていつしか、自分がどこにいるのかわからなくなってしまったそうだ。

途中で転んで足も痛めてしまい、怖くなって泣いていると、ふいにあらわれたのが武蔵と虎次郎だった。武蔵はどこかに行ってしまったが、虎次郎はずっとそばにいてなぐさめてくれたのだという。

(武蔵はきっと、誰かを呼びに行ったんだろうな……。あのとき朋夏ちゃんがいる場所にいちばん近かったのが、わたしとお父さんで)

物言いたげな視線を向けても、猫たちはさらりとかわすばかり。

多少の怪我はしていたが、朋夏は大事に至ることなく保護された。結成された捜索隊はめでたく解散となり、碧もまた大樹が待つ店へと戻ったのだった。

そして、花火大会から数日後――

十一時二分。ランチタイムの営業がはじまってからすぐに、格子戸が開いた。

「あ！　いらっしゃいませ」

一番乗りのお客たちに、碧は満面の笑みを向ける。遠慮がちに顔をのぞかせたのは着物姿の雅晴と、水色のワンピースを着た朋夏だった。

「朋夏ちゃんの足はよくなりましたか？」

おかげさまで……と答えた雅晴は、大きな体を縮こまらせながら入ってくる。

「大樹に碧さん。先日はお騒がせして申しわけなかった！」

「ごめんなさい……」

深々と頭を下げた父親にならい、朋夏も同じポーズをとる。

碧は「わたしこそあやまらないと」と前に出た。

「もとはと言えば、わたしが朋夏ちゃんに花火大会のことを口走ったからなんです。本当にすみませんでした」

「いや、碧さんのせいじゃない。花火大会があることは、遅かれ早かれ知っていたでしょう。だから気に病まないでください」

あのあと、朋夏はきっと思い知ったことだろう。自分がどれだけ危ない真似をしたのかを。そして同時に、父親や祖父母をどれだけ心配させてしまったのかも。娘を溺愛する雅晴だからこそ、真剣に伝えたに違いない。

親子に頭を下げられた大樹は、居心地が悪そうにしながら「あやまるのはもういいよ」と言った。

「無事で見つかったんだから、それでいいって。お客さんもほっとしてたし」

「彰三さんたちにも迷惑かけてしまって」

「あの人たちも、そういうこと気にしないから。俺としては……そうだな。謝罪されるより、ランチメニューのひとつでも注文してくれたほうがよっぽど嬉しい」

そう言った大樹は、意味ありげな目を朋夏に向けた。

「今日のかき氷、苺なんだけど？」

次の瞬間、うつむき加減だった朋夏が勢いよく顔を上げた。それまでしゅんとしていたのが嘘《うそ》のように、期待に目を輝かせる。

「パパ……」

朋夏が着物の袖を引くと、雅晴は神妙な顔つきで娘を見下ろした。

「もう言いつけを破って、勝手に外に出たりはしないな？」

「しない！　ぜったいしないから……！」

娘の目をじっと見つめ、納得したようにうなずいた雅晴は、大樹に向けて右手の指を二本立てる。

「――それじゃ、かき氷をふたつもらうよ。あと今日の日替わり定食も」

「やったー！　パパありがと！」

店内に可愛らしい歓声が響き渡る。ふたりがテーブル席につくと、大樹はまず日替わり定食からつくりはじめた。

鶏《とり》ひき肉と木綿《もめん》豆腐をこねて焼き、大根おろしを添えていただくヘルシーな豆腐ハンバーグに、麦飯とお味噌汁。

ふわふわの食感で物足りなさを感じさせず、ダイエット中の女性客に人気である。雅晴は女性でもダイエット中でもないだろうが、健康にもいいのでおすすめだ。

そして食後はもちろん、お待ちかねのかき氷をつくる。

凍らせたミネラルウォーターを、少し常温に置いて温度を上げてから、電動かき氷機で削り出す。じゅうぶんに冷やしておいた器に盛りつけると、部分的に果肉を残した、とろみのある苺シロップをかけた。

朋夏は甘いほうが好きだというので、最後に上から練乳を回しかけて完成だ。

「朋夏ちゃん、お待たせ」

でき上がった氷いちごをテーブルに置くと、朋夏は両手を叩いてよろこんだ。スプーンを手にとって、シロップと練乳がたっぷりかかった氷をすくって口に入れる。

「冷たくてあまーい。すっごくおいしい」

念願の苺味を口にした朋夏は、幸せそうに顔をゆるませた。

お客のこの笑顔を引き出すために、「ゆきうさぎ」と大樹の料理はあるのだ。

「ごちそうさま。また来るよ」

「イチゴおいしかったー」

格子戸の外に出てふたりを見送っていると、ふと足下に気配を感じた。

「武蔵……と虎次郎」

彼らは碧のすぐ横で、去っていく雅晴親子の後ろ姿を見つめている。まるで自分たちのお客を見送るかのように。

「……ねえ。あなたたちって、ほんとはいったい何者なの？」

碧が思わず問いかけると、二匹は何も聞こえなかったかのように、そろって大きなあくびをした。

終章　夏の終わりの店仕舞い

八月三十一日、十九時四十分。

「いいかトモ、離さないでちゃんと持ってるんだぞ」

「うん、だいじょうぶだよ！」

朋夏《ともか》がうなずくと、娘のかたわらに膝《ひざ》をついた雅晴《まさはる》は、大樹《だいき》が貸したライターで細長い花火の先に火をつけた。

一瞬の間を置いて噴き出す、ススキの穂のような金色の火花。

朋夏が小さな歓声をあげると、雅晴は「人に向けちゃダメだからな」と念を押す。

花火特有の火薬の匂いが、大樹の鼻腔《びこう》をくすぐった。

「はしゃいじゃって、可愛《かわい》いね」

縁側に腰かけていた星花《せいか》が、雅晴と一緒に家庭用花火を楽しむ朋夏を見つめながらつぶやいた。その隣に座る碧《あおい》も「そうだね」と同調している。

「星花も十年前は、あんな感じで可愛げがあったな」

大樹が口を挟むと、碧がふり返った。こちらを見上げる。

板張りの床の上に立つ大樹は、大きな盆を持っていた。その上にはいつかのように、かき氷を盛ったガラスの器をのせている。

「シロップが余ったんだ。食べおさめしたければ」

「ほんと？　昨日で終わりかと思ってたよ」

盆を縁側の上に置くと、星花が嬉々として器をとった。続けて碧、そしてその隣に座っていた菜穂《なほ》も、星花にならって器を手にする。

「──って大兄、『十年前は』ってなに。可愛げはいまでもあるでしょ」

「どうだかな」

「ちょっと、蓮《れん》兄みたいなこと言わないでよー」

わざとらしく拗《す》ねた星花が、「タマさん、大兄がいじめる」と言いながら、碧のほうへと身を寄せた。当の碧は笑顔で「まあまあ」と取り成している。

「その蓮さんは、いつごろ来るんでしょうねえ」

ガラスピッチャーに入ったシロップを自分の氷にかけながら、菜穂が言った。

「まだ仕事中だもん。終わってからすぐに出たとしても、九時半は過ぎるね」

「そのころには、とっくにお開きになってるんじゃないですかね？」

「そうなったら、俺が晩酌《ばんしゃく》にでもつき合うよ」

苦笑した大樹は、その場に腰を下ろしてあぐらをかいた。

昼間の暑さは鳴りをひそめ、かすかな夜風にそよぐ木々の葉は涼しげだ。大樹はおだやかな気持ちで、朋夏が楽しむあざやかな色の花火を見つめた。

昨日の三十日で、「ゆきうさぎ」は八月の営業を終えた。今日は水曜のため、定休日なのである。

『かき氷も終わりか……。はじまったと思ったら、あっという間ですね』

昨日の閉店後、大樹がかき氷のポスターをはがしていると、それを見ていた碧がさびしそうな声で言った。

もともと二カ月限定と決めていたので、この日が最後だった。しかし言われてみれば短い期間だったと思う。

はがしたポスターを広げた大樹は、氷いちごのイラストを見つめながらつぶやいた。

『思ってたより好評だったし、来年もまたやってもいいかもな』

『ぜひやりましょう！　今度は違うバリエーションで』

終わったばかりだというのに、来年はどんな味がいいかなと、碧はもう次のことを考えている。生き生きとして楽しそうな表情が、大樹の心も浮き立たせた。

——そうか。来年もまだ、いてくれるんだな。

さも当然のように、碧は未来の話をする。そこに自分がいることを疑っていない、そんな口調で。それは大樹にとっても喜ばしいことだった。

「うん、おいしい！　ほかの味もいいけど、やっぱり苺《いちご》がいちばんですね」

今年最後のかき氷を口にした碧が、満足そうに微笑《ほほえ》んだ。星花と菜穂も、満面の笑みで頬張《ほおば》っている。

「あっ！　お姉ちゃんたちずるい。わたしもかき氷が食べたい！」

終わった花火を水が入ったバケツにつっこみ、朋夏が駆け寄ってきた。

朋夏のかき氷には、大好物のとろりとした果肉入り苺シロップをかけてから、少し置いてやわらかくしたバニラアイスを盛りつけている。冷たいものを食べ過ぎると腹を壊してしまうので、量は少なめだ。

「いただきまーす」

縁側に座った朋夏がかき氷を食べはじめると、今度は星花が「次はあたしたちが花火やろ」と言った。碧と菜穂と三人で庭に出て、筒の先に火をつける。庭はそれなりに広いが音の出る花火は近所迷惑になってしまうため、どれも静かだ。

「二十年ぶりくらいにやったけど、けっこう楽しいもんだな」

大樹の横に腰かけた雅晴が、着物の袂《たもと》から取り出した扇子《せんす》で顔をあおぐ。

「前に住んでたところはマンションだったから、トモがやりたがってもできなかったんだよ。童心に帰った気分だ」

「庭ならいつでも貸すよ。大騒ぎはできないけど」

「たまにはこういうのもいいもんだな」

朋夏がかき氷を食べ終え、手持ちの花火が尽きるころには、二十時半近くになっていた。

「おっと。トモ、もうそろそろ寝る時間だ」

「ええー……。まだ遊びたいよ」

「明日は学校だろう。起きられなくなったらどうする」

不満そうな朋夏を言いくるめ、雅晴たちは「それじゃ、また」と帰っていった。手をつないで去っていく親子を見送ると、大樹たちは花火の残骸《ざんがい》を片づける。

そのあと、碧と星花、そして菜穂は和室でトランプをしながらおしゃべりをはじめた。

彼女たちの会話が途切れることはなく、よくもまあそこまで話すことがあるなと感心していると、ようやく蓮があらわれる。

「あー疲れた。眠い……」

勤め先の店のケーキをお土産《みやげ》に持ってきた蓮は、箱を座卓の上に置くと座布団をふたつに折り曲げた。それを枕にいそいそと畳の上で横になる。

一分もたたないうちに案の定、すこやかな寝息が聞こえてきた。

「……だめだこりゃ。しばらく起きないパターンだよ」

「ほんと、おやすみ三秒ですよね」

そんなことを言ってあきれていた星花と菜穂だったが、蓮がまき散らす睡眠電波にでもあてられたのか、気がついたときには眠りこけていた。

「みんな気持ちよさそうですね」

三人の体にタオルケットをかけながら、碧が笑う。

「まったく、そろいもそろって……。しばらくは寝かせとくか」

肩をすくめた大樹が縁側に座り直すと、少し間を空けて碧が横に腰を下ろした。淹《い》れたての熱いお茶を飲みながら、ゆったりとした時間が流れる。

「八月ももう終わりかあ……。ついこのまえ年が明けたと思ったのに、月日がたつのってほんとに早いですよね」

「大学はまだ夏休みだろ」

「そうですよ。残暑も厳しいし、夏の終わりって感じでもないんですけど」

それでもカレンダーは九月になるわけで、と碧は続ける。

「こんなこと言ってる間に、一年もすぐに過ぎていくんだろうなぁ」

「そうだな」

大樹がうなずいたとき、庭の茂みが音を立てた。周囲が静かになるのを待っていたかのように、武蔵《むさし》と虎次郎《こじろう》が姿を見せる。

彼らは悠然《ゆうぜん》とした足取りで近づいてくると、ためらいもせず縁側に飛び乗った。武蔵は大樹の、虎次郎は碧の隣に身を寄せて座りこむ。

「勝手に上がるなって言ってるのに……」

「いいじゃないですか。今日くらいは大目に見てあげましょうよ」

虎次郎のふわふわした毛を優しく撫《な》でながら、碧が言う。顔を上げた武蔵は彼女に同調するかのように、小さく鳴いた。

——しかたがないな。

苦笑した大樹はそれ以上何も言わずに、空を見上げる。

「新しい月ですよ。雪村《ゆきむら》さん、明日からまたがんばっていきましょうね」

「ああ」

月日は駆け足のごとく過ぎ、決して戻りはしないからこそ。

自分のそばにいてくれる、気兼ねのない相手とこうして過ごすひとときは、大事にしていきたいと思うのだった。

※この作品はフィクションです。実在の人物・団体・事件などにはいっさい関係ありません。

集英社オレンジ文庫をお買い上げいただき、ありがとうございます。
ご意見・ご感想をお待ちしております。

●あて先
〒101-8050　東京都千代田区一ツ橋2-5-10
集英社オレンジ文庫編集部 気付
小湊悠貴先生

ゆきうさぎのお品書き

8月花火と氷いちご

集英社
オレンジ文庫

2016年7月25日　第1刷発行
2021年6月8日　第8刷発行

著者　小湊悠貴
発行者　北畠輝幸
発行所　株式会社集英社
〒101-8050東京都千代田区一ツ橋2-5-10
電話【編集部】03-3230-6352
【読者係】03-3230-6080
【販売部】03-3230-6393（書店専用）
印刷所　凸版印刷株式会社

造本には十分注意しておりますが、乱丁・落丁(本のページ順序の間違いや抜け落ち)の場合はお取り替え致します。購入された書店名を明記して小社読者係宛にお送り下さい。送料は小社負担でお取り替え致します。但し、古書店で購入したものについてはお取り替え出来ません。なお、本書の一部あるいは全部を無断で複写複製することは、法律で認められた場合を除き、著作権の侵害となります。また、業者など、読者本人以外による本書のデジタル化は、いかなる場合でも一切認められませんのでご注意下さい。

©YUUKI KOMINATO 2016　Printed in Japan
ISBN 978-4-08-680094-5 C0193

集英社オレンジ文庫

小湊悠貴

ゆきうさぎのお品書き

6時20分の肉じゃが

ある事情から極端に食が細くなってしまった、
大学生の碧。とうとう貧血で倒れ、
小料理屋を営む青年・大樹に助けられた。
彼の料理を食べて元気を取り戻し、
バイトとして雇ってもらうことになり…？

【電子書籍版も配信中　詳しくはこちら→http://ebooks.shueisha.co.jp/orange/】

集英社オレンジ文庫

白川紺子

下鴨アンティーク

神無月のマイ・フェア・レディ

喫茶店店主の満寿から亡き両親の話を
聞いた鹿乃は、雷の鳴る帯の謎を解き
両親の馴れ初めを辿ることに……。

――〈下鴨アンティーク〉シリーズ既刊・好評発売中――
【電子書籍版も配信中　詳しくはこちら→http://ebooks.shueisha.co.jp/orange/】
①アリスと紫式部　②回転木馬とレモンパイ
③祖母の恋文

集英社オレンジ文庫

須賀しのぶ

エースナンバー

雲は湧き、光あふれて

野球未経験の生物教師が、
部員数8人の野球部の監督に任命された。
弱小ながら勝利への執念を燃やす
彼らに感化され、奮闘するが…。

――〈雲は湧き、光あふれて〉シリーズ既刊・好評発売中――
【電子書籍版も配信中　詳しくはこちら→http://ebooks.shueisha.co.jp/orange/】

雲は湧き、光あふれて

集英社オレンジ文庫

長尾彩子

千早あやかし派遣會社

二人と一豆大福の夏季休暇

妖怪の派遣業務を扱う会社でバイト中の由莉。
ある日、正体を知られ失恋したという
妖怪が、高校時代の友人の優奈だと判明する。
心に傷を負う彼女に紹介する仕事とは!?

――〈千早あやかし派遣會社〉シリーズ既刊・好評発売中――
【電子書籍版も配信中　詳しくはこちら→http://ebooks.shueisha.co.jp/orange/】

千早あやかし派遣會社

集英社オレンジ文庫

野村行央

ポップコーン・ラバーズ

あの日出会った君と僕の四季

殺人事件が起きたミニシアターで
アルバイトをはじめた大学生の森園。
ある日、学内で事件の被害者・みなもの
幽霊と出会ったことから、彼女との
不思議で奇妙な関係がはじまって…。

集英社オレンジ文庫

梨沙

神隠しの森

とある男子高校生、夏の記憶

真夏の祭事の夜、外に出た女子供は
祟り神・赤姫に“引かれる”——。
そんな言い伝えが残る村で、モトキは
夏休みを過ごしていた。だが祭の夜、
転入生・法介の妹がいなくなり…?

集英社オレンジ文庫

真堂 樹

お坊さんとお茶を
孤月寺茶寮はじめての客

リストラされ帰る家もない三久は、貧乏寺の前で行き倒れた。美坊主の空円と謎の派手男・覚悟に介抱され、暫く寺で見習いとして働くことになり…？

お坊さんとお茶を
孤月寺茶寮ふたりの世界

「寺カフェ」を流行らせたいと画策する三久だが、お客様は一向に現れない。だが、亡くなった妻の墓参りに来たという挙動不審な男性がやってきて…？

お坊さんとお茶を
孤月寺茶寮三人寄れば

寺での生活にもようやく慣れてきた頃、三久は姉から、実家の和菓子店を継ぐよう言われてしまう。さらに同じ頃、覚悟にも海外修行の話が持ち上がり！？

好評発売中
【電子書籍版も配信中　詳しくはこちら→http://ebooks.shueisha.co.jp/orange/】

集英社オレンジ文庫

丸《まる》木《き》文《ぶん》華《げ》

カスミとオボロ

大正百鬼夜行物語

大正の世。『鬼の家』の異名をとる
伯爵家の令嬢香澄は、蘇った先祖代々の
守り神・悪路王に、朧と名をつけて
主従関係を結んでしまう。朧は人に憑く
鬼を食べて生きているというのだが…

コバルト文庫　オレンジ文庫

「ノベル大賞」

募集中！

小説の書き手を目指す方を、募集します！

幅広く楽しめるエンターテインメント作品であれば、どんなジャンルでもＯＫ！

恋愛、ファンタジー、コメディ、ミステリ、ホラー、ＳＦ、etc……。

あなたが「面白い！」と思える作品をぶつけてください！

この賞で才能を開花させ、ベストセラー作家の仲間入りを目指してみませんか⁉

大賞入選作

正賞と副賞300万円

準大賞入選作

正賞と副賞100万円

佳作入選作

正賞と副賞50万円

【応募原稿枚数】

400字詰め縦書き原稿100～400枚。


【しめきり】

毎年1月10日（当日消印有効）

【応募資格】

男女・年齢・プロアマ問わず

【入選発表】

オレンジ文庫公式サイト、WebマガジンCobalt、および夏ごろ発売の文庫挟み込みチラシ紙上。入選後は文庫刊行確約!

（その際には、集英社の規定に基づき、印税をお支払いいたします）

【原稿宛先】
〒101-8050　東京都千代田区一ツ橋2-5-10
（株）集英社　コバルト編集部「ノベル大賞」係

※応募に関する詳しい要項およびWebからの応募は
公式サイト（orangebunko.shueisha.co.jp）をご覧ください。